CARTON ROUGE !

BIOGRAPHIE

Patrick Bruno est l'auteur, sous divers pseudonymes, d'une quarantaine d'ouvrages pour la jeunesse, dans des genres différents : aventure, fantastique, historique.
Passionné de sport, il rend hommage, dans cette collection, au football et aux jeunes champions qui ont marqué et marqueront son histoire.

L'éditeur remercie l'Amicale Sportive Yerroise et le club de Cesson pour leur collaboration.

COUVERTURE : Jeffroy/Flash Press © D.P.P.I.
FLIP BOOK : Robin

3, rue Bayard, 75008 Paris
ISBN : 2 7470 0676 X
Dépôt légal : mai 2002
Loi n°49 956 du 16 juillet 1949 sur les publications destinées à la jeunesse

FOOOT!

CARTON ROUGE !

PATRICK BRUNO

TROISIÈME ÉDITION
BAYARD JEUNESSE

L'ÉQUIPE

L'ENTRAÎNEUR :

Luc Giovanelli
42 ans,
ancien joueur
de Saint-
Étienne
et de Leeds.

Léo Villeneuve
Gardien de but,
14 ans.

Florent Nicolaï
Libéro, 14 ans et demi.

Frank Estève
Arrière latéral droit,
14 ans et demi.

Charlie Darquier
« Dark »
Stoppeur, 14 ans.

Sylvain Liotta
« Iroquois »
Milieu de soutien, 14 ans.

Alain Leroy
« Ronaldo »
Ailier droit,
14 ans.

Vincent Ruel
Milieu offensif,
13 ans.

DE MIRAVAL

Manuel Guardiola
« Manu »
Milieu défensif,
14 ans et demi.

Kamel Faroud
Arrière latéral gauche,
14 ans et demi.

Kevin Audouard
Avant-centre,
14 ans.

Stéphane Kowalsky
« Kowa »
Ailier gauche, en alternance, 14 ans.

LES REMPLAÇANTS :

Loïc Demangeon
Milieu offensif ou ailier droit,
14 ans.

Pierre Demangeon
Défenseur ou milieu défensif,
13 ans.

Grégory Allard
« Greg »
Gardien de but,
13 ans.

Eddy Barra
Défenseur,
15 ans.

Philippe Guérin
« Phil »
Ailier gauche,
13 ans.

Léo contempla le stade Lescure, qui avait servi de cadre aux exploits de la glorieuse équipe de Bordeaux. Son terrain, immense comparé à celui de Miraval, avait été considérablement raccourci pour le match des moins de quinze ans.
Seules les parties centrales des tribunes étaient occupées ; pourtant les quelques centaines de spectateurs, jeunes pour la plupart, faisaient du bruit comme dix mille.
En ce cinq juillet, un soleil de plomb écrasait le terrain qui accueillait le huitième de finale du championnat de France opposant Miraval, champion de Provence, à Sainte-Émilie, champion

d'Aquitaine. Pour l'instant, les deux équipes s'échauffaient avant le coup d'envoi.
Léo, le gardien de but de Miraval, arrêta avec facilité plusieurs tirs décochés par ses coéquipiers : Alain, l'ailier droit, Kevin, l'avant-centre, et Stéphane Kowalsky, l'ailier gauche. Léo se sentait crispé. Pourtant, à ce niveau de la compétition, Miraval n'avait plus rien à perdre. Pour une petite équipe comme elle, se retrouver parmi l'élite du championnat représentait déjà un exploit. Mais le jeune gardien avait beau se répéter ça, l'enjeu du match pesait sur ses épaules.
– En forme, champion ?
Kevin avait fait irruption, balle au pied, et l'avait passé d'un dribble foudroyant.
– Terrible !
Sa fausse décontraction ne trompa pas Kevin. Léo avait la trouille, et ça se voyait. Être goal, c'était une lourde responsabilité. Un attaquant pouvait toujours se permettre de manquer un but ; au cours d'un match, il avait de multiples occasions de se racheter. Tandis que la maladresse d'un gardien ne pardonnait pas : prendre un but, c'était offrir à l'adversaire une opportunité de victoire. Un goal était toujours physiquement et moralement en retrait de l'équipe : dernier rempart. Dernière chance. Ou ultime malchance.
Le sifflet de l'arbitre interrompit ses pensées anxieuses. Les deux équipes prirent position.

Devant Léo se tenaient les deux arrières latéraux : Frank et Kamel ; Dark, le stoppeur, et Florent, le libéro. Quatre défenseurs sûrs et courageux.
Seul ? Non, Léo ne l'était pas.
Au signal, Sainte-Émilie engagea et ébaucha aussitôt une attaque. Comme ses joueurs avaient des maillots bleus, Miraval avait dû renoncer à sa couleur fétiche et endosser une tenue blanche.
Après quelques minutes d'observation mutuelle, le jeu devint rapide et physique. Vincent, demi offensif, l'un des meilleurs éléments de Miraval, manqua sa réception. Sainte-Émilie intercepta. Le ballon parvint à l'avant-centre qui prolongea sur l'ailier droit. L'Émilien crocheta Kamel et tira. Le ballon atterrit dans le petit filet. Plus de peur que de mal. Cependant, sur l'action, Léo avait plongé avec un temps de retard. Si le tir avait été cadré, c'était le but. Ces mecs-là étaient vifs et dangereux. Très dangereux.
Léo prit son élan pour dégager des six mètres. À droite, Alain amortit de la poitrine, pivota et s'élança vers les buts. Mais la défense de Sainte-Émilie était déjà en place, tandis que l'ailier de Miraval cherchait en vain un soutien. L'équipe était méconnaissable : les passes, précipitées, manquaient de précision ; les contrôles étaient maladroits ; les actions désordonnées.
Sainte-Émilie intercepta de nouveau. Le ballon fila droit aux buts. Dark était à terre, Florent distancé.

– Revenez ! hurla Léo.
L'avant-centre adverse lui expédia un boulet de canon, qu'il repoussa aux poings. L'ailier gauche reprit de la tête, dans l'angle, juste au-dessus des barres. Une fois encore, Léo s'en était sorti de justesse.
« Le bol ! » pensa-t-il, soulagé.
Il cueillit le ballon que lui envoyait un ramasseur et le plaça sur la ligne des six mètres. Devant lui, Dark soufflait comme un bœuf ; Frank se tenait accroupi. La chaleur accablait les joueurs de Miraval, alors que ceux de Sainte-Émilie semblaient à l'aise sous cette canicule. Sur le dégagement de Léo, les Émiliens furent encore les premiers à la réception. C'était la septième fois. En vingt-cinq minutes, Miraval n'avait pas eu la moindre chance de but. Ses adversaires avaient fait trembler Léo à quatre reprises.
Dans les tribunes, les spectateurs encourageaient bruyamment les Émiliens, dont la domination était écrasante.
Un nouveau tir de l'avant-centre frôla la cage de Léo. Cette fois, le gardien était bien placé. Sur la remise en jeu, le ballon parvint à Vincent, qui servit Kevin.
– Fonce ! hurla Iroquois.
Ce surnom avait été donné à Sylvain, le demi défensif de Miraval, en raison de la crête brune qui ornait son crâne rasé.
La défense de Sainte-Émilie ouvrait une brèche

devant Kevin. Une occasion, enfin. À vingt mètres des buts, l'avant-centre dribbla le libéro adverse et voulut frapper. Mais il écrasa complètement son tir. Une passe au goal. Ridicule.

Mi-temps. Zéro à zéro. Un chiffre qui convenait mieux à Miraval qu'à ses adversaires malchanceux. « On revient de loin ! » songea Kevin en s'effondrant sur la pelouse au milieu des autres. Ils étaient tous épuisés. Pourtant, le match n'était pas si intense !

– C'est ce cagnard ! grogna Iroquois.

La chaleur, en Provence, ils connaissaient. Mais cette atmosphère moite les asphyxiait et leur coupait les jambes. Éric, le jeune entraîneur, distribuait des bouteilles d'eau. Les joueurs buvaient et s'aspergeaient le visage.

Luc Giovanelli, leur boss, celui qui les avait propulsés, par son énergie et son expérience, au sommet du championnat régional, ne s'était même pas déplacé.

– Où il est, Gio ? s'étonna Vincent. Il devait nous retrouver ici.

Iroquois ricana :

– À la plage, mec.

– Il a bien raison ! Pour voir ça ! renchérit Frank.

– Qu'est-ce qui vous prend ? s'emporta Éric. On vous dirait vaincus d'avance. Vous n'avez pas envie de jouer ? Ou vous avez décidé de perdre ? Vous faites tout pour ça !

C'est vrai qu'ils n'y croyaient pas. Même Kevin, le buteur, le battant. Et Kowalsky, le plus costaud d'entre eux. Ils étaient tous abattus. Ce n'était pas seulement la chaleur: le moral ne valait pas mieux que les jambes.
– Ils sont doués, les mecs en face, dit Manu.
– C'est nous qui sommes nuls, soupira Kamel.
– Arrêtez de pleurnicher ! intervient Éric. Où est l'équipe qui a dynamité Mornay, la meilleure formation de la région ?
– Aux chiottes ! ricana Iroquois.
– On jurerait que vous cherchez à vous débarrasser de la balle, intervint Éric. Gardez-la et renforcez-moi ce centre qui part à la dérive ! Remuez-vous. Attaquez le porteur du ballon. Dark, tu m'écoutes ? C'est à toi que je m'adresse. Pensez à Gio !
Frank haussa les épaules :
– Pourquoi ? Il pense à nous, lui ?
– S'il n'est pas là, c'est qu'il a une bonne raison, intervint Léo. Il ne nous a jamais laissés tomber !
– C'est vrai, reconnut Kevin.
– Bon, alors, qu'est-ce qu'on attend pour dézinguer en beauté ? gronda Iroquois en bondissant sur ses pieds.
Ils se relevèrent tous, avec des airs mauvais, prêts à se bagarrer. « J'aime mieux ça ! pensa Éric. Ces gamins sont tellement imprévisibles ! »
Dès l'engagement, leur jeu s'améliora. Ils étaient

transformés, agressifs. Chaque balle était un combat. Cette explosion dura dix minutes, puis le feu s'éteignit. Ils manquaient de souffle, cherchaient des partenaires invisibles, s'interpelaient en vain, se noyaient dans la défense adverse.

Pendant ce temps, Sainte-Émilie continuait au même rythme. Une vraie machine. Rodée, bien huilée. Récupération, circulation au centre, déploiement de l'attaque, passe aux ailes, centre. Les tirs se succédaient, pas vraiment maladroits, plutôt malchanceux. À quelques centimètres près, ils auraient mené trois à zéro.

Léo, harcelé sans répit, avait fini par entrer dans le match. Il sauva un but grâce à un réflexe éclair. Cinq minutes plus tard, il plongea dans les pieds du numéro dix, seul face aux buts. Cependant, la pression augmentait. Toute l'équipe de Sainte-Émilie évoluait dans le camp de Miraval.

Iroquois frappa sur son poignet : combien de temps encore ? Depuis la touche, Éric indiqua dix minutes.

Dix minutes, l'enfer !

Soudain, Vincent, le petit génie de l'équipe, bien timide jusqu'alors, servit Kevin, complètement démarqué. Les défenseurs de Sainte-Émilie, qui jouaient de plus en plus haut, levèrent les bras. Mais ils étaient trop avancés. Au départ de l'action, Kevin était dans son camp, donc pas hors jeu. « Jouez ! » dit l'arbitre.

Kevin fila vers les buts. Il ne sentait plus la fatigue. Il fonçait avec une sorte de rage.
Marquer, marquer à tout prix !
Les défenseurs étaient loin. Le goal tenta une sortie désespérée, droit sur lui. Kevin crocheta à gauche et passa, mais le gardien le faucha irrégulièrement. L'arbitre n'eut pas un instant d'hésitation : penalty et carton rouge. Le public siffla, uniquement pour la forme, car la faute était grossière. Le gardien de but expulsé sortit du terrain, tête basse. Ses compagnons accusaient le coup. L'un des arrières prit la place du goal. Kevin mit le ballon au point de penalty, prit son élan et trompa son adversaire.
Un à zéro. Un but inespéré.
– Super ! cria Iroquois, pendu au cou de Kevin.
Les dernières minutes furent à l'avantage de Miraval, brusquement réveillé.
– À toi ! cria Kevin en passant à Vincent.
Le petit demi exécuta un numéro de dribble époustouflant au sein de la défense, puis, au dernier moment, il servit Kowalsky, qui poussa le ballon au fond des filets. Imparable !
L'arbitre siffla presque aussitôt la fin de la rencontre. Deux à zéro ! Tandis qu'ils manifestaient leur joie, Alain poussa un soupir de soulagement :
– On revient de loin !
– L'important, mec, dit Iroquois, ce n'est pas d'où on vient, mais où on va !
– En quart de finale ! rugit Frank.

MIRAVAL

0:2

– Kevin ? Ici Léo.
– Salut, ça va ?
– Pas terrible : la femme de Gio est morte.
– Louise ? Je la croyais à l'hôpital.
– Justement, c'est là que ça s'est passé, il y a trois jours.

Après le match de Bordeaux, Kevin avait quitté Miraval pour aller au bord de mer. Son retour datait de quelques heures. Il songea à Louise, si gentille, et au chagrin de l'entraîneur.

– Il est chez lui ?
– Gio ? Non. Il est parti à Nancy. C'est là que doit avoir lieu l'enterrement.

– Qu’est-ce qu’on peut faire ?
– Rien, attendre son retour. Caroline a promis de me téléphoner.
Caroline était la fille de Gio et la copine de Léo.
– Tu vas à l’entraînement ? demanda Kevin.
– Demain, oui. Y’a intérêt : le match de Lyon, c’est dans dix jours.
– J’espère que Gio sera là.
– Demain ? Tu rêves ! Le seize, peut-être.
– À demain.
Kevin examina sa chambre d’un air morose. Loin de la plage, il s’ennuyait. Heureusement, il y avait le foot. Sa passion. Mais le foot sans Gio, ce n’était pas pareil. Ancienne star de Saint-Étienne et de Leeds, Gio était l’un des meilleurs entraîneurs et sans doute le formateur le plus doué des futurs professionnels du ballon rond. Personne ne pouvait rivaliser avec lui pour construire une équipe, la survolter, tirer le maximum de chaque joueur. En son absence, Miraval perdait une grande partie de ses capacités. On l’avait vu à Bordeaux. Égoïstement, Kevin espéra que Gio allait revenir très vite parmi eux et leur consacrer tout son temps pour oublier sa peine.
Jusqu’à l’arrivée de Gio, dix mois auparavant, pratiquement personne ne connaissait Miraval. Le nouvel entraîneur avait propulsé l’équipe en haut du tableau. Pour les jeunes joueurs, la sélection en championnat de France représentait une

merveilleuse aventure. Une rude épreuve aussi. Ils avaient passé le premier tour avec beaucoup de chance, mais, à partir des quarts de finale, ils devraient affronter de prestigieux adversaires : Lyon, Nantes, Paris, Strasbourg. Privés de Gio, ils le savaient, ils n'avaient pas la moindre chance. L'ancien champion était en relations avec les entraîneurs de la France entière. Il connaissait les adversaires de Miraval, étudiait leur style de jeu et bâtissait une stratégie adaptée à la leur.
Comparé à lui, Éric, son assistant, avait l'air de naviguer dans le brouillard. Son entraînement était toujours le même, surtout physique. Et aux mi-temps, il était rare qu'il sache prodiguer des conseils capables de renverser une partie.
« Gio est un vrai magicien, songea Kevin. Je me demande comment il fait pour deviner ce que les autres ont dans la tête. Il faut qu'il revienne ! »
Gio revint trois jours plus tard. Caroline avertit Léo, comme elle l'avait promis. Aussitôt, le jeune gardien de but alla rendre visite à l'entraîneur en compagnie de Kevin et d'Iroquois. Quand ils arrivèrent, la maison était silencieuse et plongée dans la pénombre. Caroline les conduisit au jardin.
– Gio se repose, murmura-t-elle.
On la sentait perdue, à bout de nerfs.
– On dérange, peut-être, dit Léo.
La jeune fille lui prit la main d'un air suppliant :

– Non, restez. Il va descendre. Il est seulement épuisé : malgré les somnifères, il n'a pas fermé l'œil de la nuit.
– Et toi ? demanda Léo.
Elle hocha la tête et détourna les yeux. Au bout d'un moment, elle prit une grande inspiration :
– Alors, vous avez gagné ? C'est super !
Elle s'efforçait de prendre un ton joyeux, mais ils voyaient bien que le cœur n'y était pas.
– On a eu du pot, dit Léo.
– Jamais on n'a aussi mal joué, ajouta Kevin.
– N'empêche qu'on est en quart de finale, grogna Iroquois. Je préfère être nul et vainqueur que génial et éliminé !
– Ce qui nous a manqué, c'est Gio, murmura Léo.
Au même instant, Caroline leva les yeux :
– Tu étais là ! On ne t'a pas réveillé, au moins ?
Ils virent Gio appuyé au tronc de l'énorme figuier dont le feuillage recouvrait une partie du jardin. Ils s'avancèrent vers l'entraîneur, décontenancés par l'attitude de ce dernier. Gio fixait le jardin d'un regard vide.
– On était en train de dire que, sans vous, à Bordeaux, on était paumés, dit Kevin.
– On est désolés pour Louise, ajouta Léo d'une voix émue.
Gio le dévisagea et hocha la tête. On crut qu'il allait dire quelque chose, mais son visage se crispa, et il tira un fauteuil de toile jusqu'au bord

d'un petit bassin où évoluaient des poissons rouges. Là, il s'assit, ou plutôt il se laissa tomber.

– On a battu Sainte-Émilie, dit Iroquois. Le dix-neuf, c'est Lyon. On espère que vous serez là !

Gio secoua la tête :

– Je ne sais pas.

– L'équipe a besoin de toi, papa, dit Caroline avec énergie.

– L'équipe, oui…, murmura Gio.

Son esprit était ailleurs. Il appuya sa tête contre le dossier du fauteuil et ferma les yeux. On aurait dit qu'il dormait. Iroquois s'assit sur le rebord du bassin, trempa ses doigts dans l'eau et joua avec les poissons. Kevin et Léo se regardèrent, indécis. Ils se sentaient de trop dans cette maison en deuil. Gio n'était plus lui-même.

Caroline s'absenta et revint avec un plateau garni de verres et de jus de fruit.

– Apporte-moi la bouteille, commanda Gio, soudain réveillé.

Caroline regarda les garçons, puis, après avoir confié le plateau à Léo, elle retourna dans la maison.

– À Lyon, ils ont une attaque d'enfer, dit Iroquois.

Kevin approuva vigoureusement :

– Cette saison, leur numéro dix a marqué huit buts de plus que moi !

Léo haussa les épaules :

– Ça ne veut rien dire : d'abord, les équipes sont plus nombreuses dans leur région. Ils ont joué plus de matchs.
Caroline apporta un verre rempli au tiers d'un liquide ambré.
– Je t'ai dit la bouteille ! gronda Gio.
Caroline fronça les sourcils :
– Avec tes médicaments, le whisky n'est pas indiqué.
Les garçons avaient interrompu leur conversation. Ce fut Gio qui la ranima. Après avoir bu, son humeur changea subitement.
– À Lyon, je serai là. Mais il faudra y être, vous aussi. Aucune équipe n'est invincible. Je me souviens d'un match contre Manchester…
Il se mit à raconter une rencontre explosive. Mais il confondait les dates, et il avait oublié les noms des joueurs. Son visage était enflammé, ses yeux brillaient, sa voix s'empâtait. Caroline lui apporta un verre d'eau gazeuse, qu'il repoussa. Il poursuivait son monologue, sans se préoccuper de ses auditeurs.
– Et pour l'entraînement ? finit par demander Kevin.
Gio le dévisagea d'un air étonné :
– L'entraînement… bien sûr. Je préviendrai Éric.
Il ferma les yeux. Le voyant de nouveau assoupi, ils s'éloignèrent en silence. Caroline les accompagna jusqu'à la porte. Elle avait les larmes aux yeux.

– C’est très dur pour lui, murmura-t-elle.
– Je sais, dit Léo en la prenant dans ses bras. Ne t’inquiète pas.
Lorsqu’elle eut refermé la porte, Iroquois, déçu, ricana :
– Un poivrot ! Il ne manquait plus que ça !
Léo serra les poings :
– Fais attention à ce que tu dis, connard ! Tu n’as pas entendu Caroline ? Ce sont les médicaments qui le mettent dans cet état.
– Pardon, monsieur, fit mine de sangloter Iroquois. J’avais oublié que vous faisiez partie de la famille.
Léo le saisit au collet, mais Kevin s’interposa :
– Laisse ! Il a un compte à régler avec l’alcool.
– Exact, dit Iroquois. Avec mon vieux, je suis devenu un expert : on commence à noyer ses ennuis, ensuite on noie tous les autres avec.
Léo se souvint que, chez les Liota, la vie n’était pas facile, avec le père de Sylvain, chômeur de longue durée, et sa petite sœur handicapée.
– Ça va, grogna-t-il.
– Non, ça ne va pas, s’emporta Iroquois. Pour une fois qu’il y a un mec cool, il faut qu’il se dézingue, lui aussi !
Kevin leur prit l’épaule à tous les deux :
– Ce match, il faut le gagner.
Ils approuvèrent en silence, sans savoir s’il s’agissait de Lyon ou de Gio.

Lyon ne ressemblait pas à Sainte-Émilie. Elle affichait la certitude et l'arrogance d'une équipe cinq fois championne de France. Miraval ? Un mois auparavant, ses adversaires ne savaient même pas la situer sur la carte. Le match ? Une simple formalité.

– Pourquoi on joue toujours chez les autres ? râla Kamel.

– À cause du tirage au sort, répondit Léo. Notre porte-bonheur est là, c'est déjà ça.

Il montra Gio, installé sur le banc de touche. À ses côtés, on voyait Éric et les quatre remplaçants : Phil : Philippe Guérin, l'ailier gauche ;

Greg : Grégory Allard, le goal ; Pierre et Loïc Demangeon.

Autour d'eux, le stade de Gerland grondait : un bruit d'enfer.

– On attire les foules ! jubila Iroquois.

– Et, aujourd'hui, on joue en bleu, dit Léo en levant le poing.

– À Bordeaux, on était tout en blanc, ça ne nous a pas empêchés de gagner deux à zéro, fit remarquer Kevin.

Ils échangèrent quelques balles pour s'échauffer, puis l'arbitre ordonna aux deux équipes de changer de côté.

– C'est chiant, j'ai le soleil dans les yeux, grommela Léo.

– Le tirage au sort, mec, rappela Kamel en riant.

Ils étaient tous curieusement décontractés, alors que Lyon était l'un des favoris.

Quand, dès le coup d'envoi, Vincent prit le ballon, on sut qu'il était en grande forme. Après une succession de dribbles, il parvint dans les seize mètres. Là, il se fit balancer brutalement par le stoppeur lyonnais. Coup franc.

Le mur était trop près. Kevin protesta. L'arbitre fit reculer les joueurs à distance réglementaire. Le tir de l'avant-centre frôla les défenseurs et allait pénétrer dans les buts lorsque le gardien se détendit et mit la balle en corner. Le public applaudit frénétiquement.

Le shoot ou l'arrêt ?
Alain plaça le ballon, prit son élan, mais, au lieu de shooter dans la masse des attaquants et des défenseurs, il exécuta un petit corner avec la complicité de Vincent. De l'un à l'autre, les deux virtuoses percèrent la défense et parvinrent devant les buts. Le gardien plongea dans les pieds de l'ailier. Celui-ci subtilisa le ballon et passa en retrait à Kowalsky, qui marqua en force.
Un à zéro.
Après une brève explosion de joie, les joueurs regagnèrent leur camp. Ils savaient que ce but risquait de les déstabiliser. Trop souvent, au cours de la saison écoulée, ils avaient cédé à la facilité succédant à l'euphorie. Or, ils affrontaient, ce jour-là, une grande équipe. Lyon le démontra aussitôt en lançant une offensive foudroyante. Léo dut s'y reprendre à deux fois pour bloquer le tir du numéro dix.
– Serrez ! dit-il, avant d'expédier le ballon loin devant.
Conseil inutile : les défenseurs de Miraval marquaient étroitement leurs adversaires. Ils n'avaient pas oublié le principe que Gio leur avait inculqué : face à une attaque explosive comme celle de Lyon, il fallait appliquer la technique défensive italienne et procéder uniquement par contre-attaques. Alain et Kowa excellaient à cette stratégie. Ils jouaient très repliés et lançaient de

longues offensives, terminées par des débordements et des centres sur Kevin et Vincent.
Cependant, après un quart d'heure de jeu, un joueur lyonnais s'imposa au milieu du terrain, Domingo. Gio les avait prévenus : « Tout partira de lui, c'est le pivot de cette équipe. » Mais Gio n'avait pas participé à l'entraînement, et son avertissement leur était sorti de l'esprit, d'autant plus que Domingo ne s'était guère manifesté au début du match.
En effet, Domingo n'était pas un joueur qu'on remarquait. Son jeu n'avait rien de spectaculaire. Mais, lorsqu'il était en possession de la balle, il était pratiquement impossible de la lui prendre. Rien n'ébranlait son corps massif. Ses actions partaient de l'arrière et se développaient toujours avec la même régularité. Elles paraissaient lentes ; en réalité, elles étaient directes et incisives. Ses passes parvenaient à ses avants de pointe avec une précision étonnante. Grâce à lui, l'attaque lyonnaise était un danger permanent.
À la mi-temps, Miraval menait toujours un à zéro, mais le match était très équilibré. On sentait que le score pouvait à tout instant s'inverser ou s'aggraver. Les joueurs attendaient Gio avec impatience. Ils furent déçus : l'entraîneur avait disparu. Éric écarta les bras en signe d'impuissance. Il ignorait où il était passé.
– Continuez comme ça, dit-il. Vous avez été

superbes, et Gio m'a demandé de vous féliciter.
Ils savaient qu'il mentait. Gio n'avait rien dit du tout. Il se foutait complètement du match. On ne savait même pas pourquoi il était venu, car depuis la mort de sa femme, le foot ne l'intéressait plus.
Au coup d'envoi, alors qu'une attaque de Vincent était sur le point d'aboutir, le gardien lyonnais repoussa le ballon. Kevin reprit de volée, frôlant la transversale. Ronaldo applaudit. Quelques instants plus tard, l'ailier droit manqua le break d'un rien. Il loba le gardien, trop avancé, et crut avoir marqué, lorsque Domingo, surgi d'on ne sait où, sauva de la tête. Ce fut au tour de Kevin d'applaudir.

Sur le banc de touche, Gio avait reparu. Mais il restait assis, impassible, ce qui ne lui ressemblait pas. Pendant ce temps, sur le terrain, la domination de Miraval devenait moins évidente. Les attaques s'émoussaient. La fatigue, peut-être. L'heure de Lyon était arrivée. Le quart d'heure, du moins : c'est tout ce qui restait.

Manu, le capitaine, frappa dans ses mains :

– Il faut tenir, les mecs !

Ils tenaient. Frank et Florent, ruisselant de sueur, le maillot collé au corps, luttaient sur toutes les balles. Dark contra deux tirs du numéro dix. Léo sortit un ballon imparable. C'était ce que Gio appelait un match héroïque, quand il commentait les matchs, avant de devenir muet. Au lieu de se battre pour lui, maintenant, ils se battaient pour eux.

À six minutes de la fin, Kowa se débarrassa de deux adversaires. Le goal était à terre. Il suffisait à l'ailier gauche de pousser le ballon dans les filets. Il manqua son tir et le ballon s'envola. Kowa tomba à genoux, la tête entre les mains.

Un but immanquable !

Quand il se releva, il vit Lyon contre-attaquer dans un mouvement magnifique. Course à droite jusqu'à l'angle du terrain. Centre. Domingo reprit de la tête. Malgré une belle détente de Léo, le ballon pénétra dans les buts.

Un partout. Deux minutes à jouer. La malédiction !

Les deux équipes, fatiguées, ralentirent. Elles laissèrent l'arbitre siffler la fin du temps réglementaire et annoncer les prolongations. Deux mi-temps de dix minutes.

Les joueurs de Miraval s'écroulèrent sur la pelouse, bras en croix. Ils avaient été si près de la victoire !

Les Lyonnais, stimulés par leur but, semblaient plus frais, mais ce n'était qu'une apparence. Dès le coup de sifflet, Miraval s'élança à l'attaque. Loin de les avoir abattus, le but qu'ils venaient d'encaisser les cravachait. Kowalsky ébranla la défense. Sur l'aile droite, Alain se démenait. Plus sobre, Vincent servait Kevin sans répit. Mais, en face, le goal était doué. Un mur de béton.

Les deux équipes adoptaient la même tactique : une défense renforcée et deux avants de pointe. À tout moment, le match pouvait basculer. La mi-temps des prolongations arriva trop vite au gré des joueurs. Ils couraient depuis une heure et quart et ne s'effondraient pas. Seul Kamel, pris de crampes, avait dû sortir du terrain. Soixante secondes, pas davantage.
Il restait six minutes de jeu lorsque Miraval se déchaîna une fois de plus. Iroquois passa à Vincent, qui laissa pour Alain. L'ailier renversa le jeu. Kowa récupéra sur la ligne et centra. Kevin reprit de volée. Un tir très pur, qui ne laissa aucune chance au gardien lyonnais.
Deux à un. Le plus beau but du championnat. Du grand art. Le bonheur. Toute une équipe en folie écrasa l'avant-centre. Ils revinrent en riant. Deux minutes, et ce serait la victoire.
– Gardez le ballon ! cria Manu.
Domingo l'avait déjà au pied. Il avançait à son rythme tranquille, presque flegmatique, et sa couverture de balle neutralisait Manu et Florent, les meilleurs ratisseurs. Il servit très haut, sur l'ailier qui reprit de la tête. Dark éloigna le danger d'un long dégagement. Le temps réglementaire était écoulé. L'arbitre consulta sa montre. Il se préparait à siffler lorsque le numéro dix lyonnais décocha des vingt-cinq mètres un tir à ras de terre, qui franchit une forêt de jambes et atterrit

dans les filets. Léo n'avait pas vu partir le ballon, masqué par ses arrières.

L'arbitre siffla la fin de la rencontre sur le match nul. Fin provisoire, car le match devrait être rejoué. Deux fois, Miraval avait frôlé la victoire, et deux fois il avait concédé l'égalité. Les joueurs étaient déçus ; pourtant la partie avait été splendide. C'était l'avis des spectateurs qui applaudissaient les deux équipes.

Iroquois tendit la main à Domingo :

– Champion, mec ! C'est un honneur de t'affronter.

– Honneur, je veux ! Chez toi, tu prendras ta branlée, grogna le demi.

– Quelle enflure ! rugit Iroquois, tandis que Domingo lui adressait un geste indécent.

Kevin voulut intervenir, mais un événement imprévu attira son attention : Léo courait vers la touche, où Gio venait de s'écrouler.

– Il a déjà fêté la victoire, crut bon de plaisanter l'un des arbitres assistants.

– Vous ne voyez pas qu'il est malade ? explosa Léo en le repoussant.

Aidé de Dark et de Kevin, il transporta l'entraîneur, inconscient, jusqu'à la voiture d'Éric, garée à la porte du stade. Comme un soigneur et un médecin accouraient vers eux, Léo détourna leur attention :

– Ce n'est rien, un simple malaise. Moi, par

contre, je me suis blessé en plongeant. Là, aux cervicales.

Tandis que le docteur se penchait sur le cas imaginaire du jeune gardien, Éric démarra en vitesse. Il était lui-même inquiet pour Gio, mais le dévouement de ses joueurs le bouleversait. Il se moucha bruyamment en pensant : « Si Iroquois me voyait chialer, je perdrais les dix grammes d'autorité qui me restent ! »

Kevin marchait dans les rues désertes en recherchant l'ombre des platanes. Il restait treize jours avant le match retour contre Lyon, et la plupart des joueurs étaient partis en vacances avec leurs parents. À l'entraînement, ils se retrouvaient à quatre ou cinq. Miraval était triste. Les touristes ne faisaient que traverser la ville pour gagner Arles ou les plages de Camargue. Le père de Kevin était garagiste ; de temps en temps l'adolescent servait à la pompe pour se faire un peu d'argent de poche. Le reste du temps, il s'ennuyait.
La veille, il avait persuadé ceux qui restaient

– Dark, Frank et Léo – de l'accompagner chez Gio. Il voulait aider l'entraîneur à sortir de son hébétude et à redevenir lui-même. À son grand étonnement, Léo avait été le plus réticent à l'accompagner. C'était pourtant le plus proche de Gio. Kevin savait qu'il rencontrait souvent Caroline. On aurait dit qu'il voulait protéger l'entraîneur. Cependant, masquer la déchéance de Gio n'était pas le meilleur moyen de lui venir en aide.

Comme convenu, il retrouva ses trois coéquipiers dans le jardin de la mairie, à cent mètres de la maison des Giovanelli. Ils se mirent à rire, car, sans s'être concertés, ils arboraient tous les quatre la tenue du club : short blanc et polo bleu.

– On est en uniforme, constata Dark.

Kevin esquissa le salut militaire et se dirigea vers la maison :

– Allons voir le général.

– Le général à la retraite ! gloussa Frank.

Léo lui jeta un regard sombre : la santé de Gio n'était pas un objet de plaisanterie.

– Je vous rappelle qu'on est là pour le distraire, dit-il. On parle de foot. Point final.

– On a déjà essayé, je te signale, fit remarquer Kevin.

Léo ne répondit pas. Ils étaient arrivés. Caroline leur ouvrit, elle leur fit la bise et les poussa à l'intérieur. Elle semblait heureuse de les voir.

« Chouette fille », pensa Frank en admirant ses cheveux blonds, sa peau dorée et la douceur de son sourire.

– Comment ça va ? murmura Léo.

– Il prend moins de médicaments.

– Super ! dit Léo.

Mais, à l'expression anxieuse de Caroline, il comprit que Gio était loin d'être tiré d'affaire.

Ils trouvèrent leur entraîneur au jardin. Il portait un vieux short de l'armée et des tennis sans lacets. En moins de trois semaines, il avait perdu beaucoup de poids. Les côtes saillaient sur son torse nu, et son dos voûté était celui d'un vieillard. Entre ses doigts jaunis, il tenait une cigarette à moitié consumée. Une barbe de trois jours lui rongeait les joues. Il semblait au bout du rouleau ; pourtant il n'affichait plus la torpeur qui avait effrayé Léo et Kevin lors de leur première visite.

– Voilà les champions ! dit-il avec ironie.

– Champions, pas encore, répliqua Kevin.

– Le championnat de Provence, ce n'est déjà pas si mal !

Son air rêveur avait fait place à une étrange fébrilité. Ses mains tremblaient, et son visage était parcouru de tics nerveux. Il allumait sans cesse de nouvelles cigarettes, qu'il écrasait presque aussitôt.

– En principe, on devrait passer Lyon, dit Dark.

Gio grimaça :
– Pas facile, Lyon. Vous avez joué au-dessus de vos moyens. Eux, au-dessous.
« Il a donc observé le match, malgré ses absences et son malaise ! » s'étonna Kevin.
– Qu'est-ce qu'il faut faire, à votre avis ? demanda Léo.
Gio eut un geste d'agacement :
– Je ne suis pas sorcier !
– Parfois, si, murmura Kevin.
– Tu veux dire : autrefois !
La voix de l'entraîneur était teintée d'amertume.
– J'aimerais…
Il se tut. Sous son excitation on devinait une grande lassitude. Devant le spectacle de cette faiblesse, leurs sentiments étaient différents : Léo éprouvait de la pitié, Kevin de la colère. Où était le héros qu'il avait tenté d'imiter ?
– Venez à l'entraînement, supplia Dark.
De nouveau, un geste agacé :
– Je viendrai, mais à condition d'avoir l'équipe au grand complet !
Ils se regardèrent, consternés. Leurs copains étaient dispersés dans toute la France.
– Je vois, dit Gio.
Lui, jadis si maître de lui, semblait exaspéré, au bord de l'explosion. Et ils ne savaient pas très bien pourquoi.
– Il faudra conserver votre calme, parce qu'ils

vont essayer de vous provoquer, ça, vous pouvez y compter !

– Pourquoi ils feraient ça ? demanda Dark.

Gio hocha la tête :

– Ils ont plus d'expérience. Cette année, vous en avez surpris quelques-uns. Ils l'ont été, eux aussi. Maintenant, ils vont s'efforcer de détruire votre cohésion, vous pousser à la faute.

– Si ça les amuse ! ricana Frank.

– Tu vois, tu t'excites déjà ! gronda Gio.

Ses reproches étaient d'autant plus surprenants qu'il était plus nerveux que le jeune joueur. Cependant, il s'animait, parlait de stratégie. « Il va mieux », songea Léo avec soulagement.

Au bout d'une heure, Kevin proposa timidement :

– Mes parents aimeraient vous inviter à dîner demain soir. Depuis le temps que je leur parle de vous !

Gio fronça les sourcils :

– Je les connais ?

– Je ne crois pas, répondit Kevin. Papa est venu au stade une ou deux fois au début de l'année. Il est garagiste. Vous savez, le Garage central. Il est toujours en train de travailler.

– Demain soir ?

– Voici l'adresse, dit Kevin en tendant à Gio une carte avec le logo de Total. La villa est derrière le garage.

Lorsque Caroline les raccompagna, Kevin dit :

– Viens, toi aussi, ce sera plus sympa.
La jeune fille sourit en regardant Léo :
– J'ai déjà un rendez-vous. C'est vraiment chouette, Kevin. Mon père a besoin de sortir d'ici, de rencontrer des amis. J'ai téléphoné à l'un de ses copains, Pierre Cardinet, un champion. Vous le connaissez sans doute. Il jouait à Saint-Étienne. Il était à l'enterrement de ma mère. J'aurais aimé qu'il vienne, mais il doit partir à l'étranger. Il faudrait que vous alliez lui parler, c'est à Avignon. Moi, je ne peux pas quitter mon père. S'il apprenait que j'ai appelé Cardinet, il serait furax.
– Pourquoi ? s'étonna Dark.
– Il penserait qu'on a pitié de lui. Vous savez, il a conscience de ce qu'il est devenu. C'est un homme fier. Toute sa vie, il a aidé les autres sans avoir besoin d'appui. Quand sa blessure a brisé sa carrière, il a lutté tout seul. Aujourd'hui, il se prend pour une épave.
– O.K. pour Avignon, grogna Kevin.
Caroline sourit :
– Je donnerai l'adresse à Léo. Cardinet est vraiment super. S'il rencontrait Gio, il comprendrait la gravité de son état. Moi, je ne peux pas, j'aurais l'impression de le trahir…
Elle s'interrompit, car Gio venait voir ce qui les retenait si longtemps au seuil de la maison.
– À quatorze heures, demain ? cria Frank.

– Demain ?
– Pour l'entraînement ?
Gio fit un geste évasif.
La partie était loin d'être gagnée.

MIRAVAL 0:5

Kevin regardait le paysage défiler derrière les vitres du T.G.V. Dans dix minutes, il allait arriver à Avignon, et il réfléchissait à ce qu'il dirait à José Cardinet. La santé de Gio ne s'améliorait pas. Quatre jours auparavant, il avait oublié l'invitation de ses parents. Ils l'avaient attendu en vain jusqu'à neuf heures du soir.

– Je suis désolée, avait dit Caroline. En rentrant du cinéma, je l'ai trouvé endormi. Je ne sais plus que faire : il ne supporte pas la solitude, et il supporte encore moins le contact des autres.

C'est ce que Kevin avait expliqué à ses parents. Mais Yves et Nadine Audouard avaient leur fierté, et l'impolitesse de Gio les avait vexés. Kevin, lui, n'était pas du genre à capituler. Il avait téléphoné à Cardinet. L'accueil avait été plutôt froid. Malgré ce que prétendait Caroline, le personnage n'avait pas l'air très sympathique : cassant, expéditif. Mais Kevin était un battant. Son tempérament d'attaquant n'était pas limité au foot. Et Cardinet, harcelé, avait fini par accepter de le recevoir.

Comme Léo devait rejoindre ses parents au Cap d'Agde, Kevin avait proposé à Manu de l'accompagner. Manuel Guardiola, capitaine de l'équipe, était un garçon calme, équilibré et bien élevé. « Très présentable », avait approuvé Léo, moqueur, lorsque Kevin lui avait annoncé son intention d'emmener Manu à sa place.

– Avignon, déjà ? dit Manu en bâillant.

Il avait dormi pendant tout le voyage.

– Où on va ?

– À Montfavet, répondit Kevin.

Ils prirent un taxi pour gagner la zone industrielle, où étaient implantés l'usine et les bureaux de l'Européenne des sports, la société de Cardinet, spécialisée dans la fabrication de vêtements de sports. Manu siffla en découvrant l'immeuble de verre dans lequel se reflétaient le pont d'Avignon et la citadelle de Villeneuve, sur l'autre berge du Rhône.

– C'est à lui, ce palais ? Wouah ! Ça donne envie de faire du foot !

Une femme d'un certain âge les accueillit gentiment. Son air maternel agaça Kevin. Ils n'étaient plus des enfants !

– J'ai peu de temps ! lança José Cardinet en leur broyant la main.

En effet, le personnage était très occupé : le téléphone ne cessait pas de sonner, des gens entraient sans arrêt dans son bureau, déposaient des dossiers, réclamaient des informations, rappelaient des rendez-vous.

Manu adressa une grimace éloquente à Kevin : c'était mal parti !

– Je vous écoute, dit Cardinet.

– Gio va très mal, lâcha Kevin.

– Je sais, Caroline m'a téléphoné. La mort de Louise est une tragédie. Vous êtes ses poulains, c'est ça ?

Kevin acquiesça :

– Il a besoin de vous.

Un pli de contrariété creusa le front de l'ancienne star de Saint-Étienne :

– Je m'envole demain pour le Brésil. Ensuite, les États-Unis, le Canada, le Japon. Je serai absent un mois entier. Un voyage prévu de longue date, impossible à annuler. Ça tombe mal.

– Pour Gio aussi, dit Kevin d'une voix sourde.

– Vous avez contacté les autres ? Larqué, Wilson, Manguin ?

Kevin secoua la tête :

– Vous êtes son meilleur ami. Si vous montez à l'attaque, les autres suivront.
Cardinet sourit. L'allusion au foot l'avait amusé. Décidément, ce garçon brun et musclé, au front têtu, lui plaisait.
– Tu me fais penser à Gio, dit-il. Nous avons commencé ensemble à l'O. M., à douze ans.
– Avec Simon et Renouart. Quand vous étiez cadet, vous avez marqué trois buts contre Nice en finale.
– Tu as bien appris ta leçon, constata Cardinet.
– Il m'a suffi d'écouter Gio, répliqua Kevin. Vous êtes devenu le joueur qu'il rêvait d'être avant sa blessure. Quand il parle de vous, on se met à rêver nous aussi.
Manu rapprocha sa chaise du bureau de Cardinet, comme si ce qu'il avait à dire était confidentiel :
– Le problème, c'est qu'il ne parle plus, Gio. Ou quand il parle, il déraille.
– Sans lui, l'équipe est foutue, dit Kevin. Mais ce n'est pas important. Le plus grave, c'est Gio. Il est complètement paumé.
– Bourré de tranquillisants, ajouta Manu.
– On dirait que plus rien ne l'intéresse, même pas notre championnat.
– Vous en êtes où ? demanda Cardinet.
– En quart.
– Contre Lyon, précisa Manu.
– Il ne vient plus aux entraînements, soupira Kevin.

– Il ne sort presque plus de chez lui. Ça vaut mieux, du reste, car à Gerland il s'est effondré en public. La honte !
Le téléphone se mit à sonner, puis quelqu'un frappa à la porte du bureau. José Cardinet ne réagit pas. Il semblait soucieux. Kevin et Manu respectèrent son silence.
– Vous avez bien fait de venir me voir, dit-il. Il reste quelques heures avant mon départ. Je vais voir ce que je peux faire. Je ne vous promets rien.
Il se leva pour signifier que l'entretien était terminé.
– Bonne chance pour le championnat, ajouta-t-il avant de les quitter.
En attendant le taxi qui devait les reconduire à la gare, les deux adolescents remâchaient leur déception.
– Dommage, soupira Manu. Il est vachement sympa, ce mec.
– Tu parles ! renifla Kevin. Pour lui, il n'y a que le fric qui compte. Les affaires !
– Il a dit qu'il allait essayer de faire quelque chose.
– Quand ? explosa Kevin. Tu as vu Gio, tu l'as vu comme moi. Quand Cardinet aura fini son tour du monde, il sera trop tard ! « On a débuté ensemble à l'O. M. ! » Tu parles ! Il a la mémoire courte, le champion !

Le nouveau match contre Lyon eut lieu le deux août, comme prévu. L'événement avait attiré la foule, et le petit stade de Miraval était rempli. Les spectateurs, venus de toutes les localités voisines, tiraient la ville de sa torpeur estivale.
– Le boss est là, se réjouit Léo.
Iroquois haussa les épaules :
– On s'en fout !
Les deux derniers entraînements s'étaient mal passés. Gio était venu, mais il était dans un état de nerfs effrayant. Durant des heures, il n'avait pas cessé de hurler et d'accabler les joueurs de reproches. Ils n'étaient jamais assez rapides,

assez volontaires, assez inspirés. Des larves ! Éric était intervenu à plusieurs reprises pour tempérer la violence de l'entraîneur. Chaque fois, il s'était fait rabrouer comme un gosse.

– Il devrait reprendre ses tranquillisants ! avait grogné Frank.

Maintenant, Gio arpentait la ligne de touche en distribuant ses dernières consignes. Les joueurs étaient heureusement plus calmes. Ils étaient tous là : l'équipe au grand complet.

Iroquois secoua son poing fermé :

– On va les dynamiter !

Il n'avait pas digéré l'affront de Domingo. Celui-ci attendait le coup d'envoi, l'air imperturbable. L'arbitre donna le signal et on sut, dès les premiers échanges, que ce match ne ressemblerait pas au premier. Chaque fois qu'un joueur de Miraval avait le ballon, il devait supporter la charge d'un adversaire, parfois correcte, le plus souvent irrégulière, mais toujours éprouvante, car les Lyonnais étaient beaucoup plus lourds que leurs adversaires.

La multiplication des pénalités n'arrangeait rien : elles hachaient le jeu et désorganisaient l'attaque. Dans ces corps à corps, Domingo était le plus redoutable, car il masquait ses fautes adroitement. Une première fois, il balança Vincent d'un coup d'épaule. L'arbitre jugea l'action correcte. Une deuxième fois, au moment où Iroquois réceptionnait la balle de la tête, Domingo le scia d'un coup de coude dans l'estomac. L'arbitre, mal placé, n'avait pas vu la faute, et il resta sourd aux protestations du demi.

– Refais ça, et je t'étends ! menaça Iroquois.

Quelques instants plus tard, Alain se blessa au cours d'un choc avec l'arrière lyonnais et dut sortir du terrain. Gio le remplaça par Loïc.

– Ne cédez pas aux provocations, ordre de Gio, dit Loïc.

En dépit de ce conseil, ils commencèrent à s'énerver. Les contacts devenaient de plus en plus musclés dans tous les compartiments du jeu. L'arbitre essaya en vain de calmer les joueurs en distribuant des cartons jaunes.

Soudain, Kevin s'échappa de la mêlée. Il dribbla deux adversaires et se retrouva en position de tir, quand le libéro le repoussa de la main et s'empara du ballon. Comme l'arbitre ne sanctionnait pas la faute, Kevin le retint par le bras. Il écopa d'un carton. Écœuré, l'avant-centre regagna sa place.

– Relax, Max, dit Manu. Ça va finir par rentrer !

La mi-temps intervint sur le score de zéro à zéro. Les joueurs se regroupèrent et livrèrent cours à leur fureur.

– Ils ont pété les plombs ! s'écria Manu.

– C'est ce con d'arbitre ! grogna Kevin. Il est miro !

Gio accourait à grands pas. Il avait son visage des mauvais jours :

– Je vous avais bien dit qu'ils chercheraient à vous provoquer !
– Vous appelez ça de la provocation ? rugit Kamel en montrant ses chevilles en sang.
– Vous jouez dans un mouchoir de poche, les critiqua Gio. Ils n'attendent que ça pour vous contrer. Dégagez-vous, aérez le jeu, ne gardez pas le ballon, faites-le circuler, plus vite, plus loin !
Le jeu reprit. Lyon, déterminé, lança une belle offensive. Léo bloqua un tir tendu. Le numéro dix, lancé, le heurta et le projeta au fond des buts. L'arbitre ordonna un coup franc et infligea un carton à l'agresseur.
Sur la contre-attaque éclair, Miraval utilisa l'espace comme l'avait conseillé Gio. Le libéro faucha Vincent alors qu'il n'était plus en possession du ballon. L'arbitre laissa l'avantage à Kevin. L'avant-centre effaça un dernier défenseur et dribbla le gardien. Mais, au moment où la balle pénétrait dans les buts, le gardien s'effondra. L'arbitre se laissa prendre à sa comédie. Il refusa le but et ordonna une pénalité favorable aux Lyonnais. Comme Iroquois protestait violemment, il le menaça d'un nouveau carton. Cette fois, ce serait l'expulsion. Manu entraîna aussitôt son camarade :
– Écrase, mec. Ne leur fais pas ce cadeau. On va gagner !

Trop, c'était trop. Gio commençait à s'énerver. Il alla prévenir l'arbitre de touche que, selon l'issue du match, il porterait réclamation. L'arbitre lui ordonna de retourner à sa place. La foule conspuait l'homme en noir.
Le jeu avait repris. Miraval, maintenant survolté, multipliait les attaques. Loïc déborda et centra sur la tête de Kevin, mais Domingo intercepta. Deux minutes plus tard, Kowalsky passa la défense et décocha un tir qui frôla les poteaux. Le public, déchaîné, encourageait son équipe. Les attaques lyonnaises s'émoussaient. Leurs tirs, trop lointains, n'inquiétaient pas Léo, qui cueillait les balles et relançait sans perdre de temps.
À quelques minutes de la fin, Iroquois, bien placé, voulut reprendre de la tête. Cette fois, le coude de Domingo le frappa au visage. Le demi tomba, récupéra la balle, voulut s'élancer quand Domingo le faucha. Pour Iroquois, la coupe était pleine. Il n'entendit pas l'arbitre sanctionner la faute. Il se rua sur son agresseur et lui assena un coup de tête au visage. Domingo s'effondra. Aussitôt, ce fut la mêlée générale : les joueurs des deux équipes, trop longtemps sous pression, se jetèrent les uns sur les autres. Kamel, Frank et Dark accoururent à la rescousse.
Les deux entraîneurs pénétrèrent sur le terrain pour maîtriser les combattants. Il fallut quelques

minutes pour les séparer. Les injures succédèrent aux coups. Puis le calme revint. C'est alors que l'arbitre sortit un carton rouge et expulsa Iroquois. S'il avait exclu également Domingo, la sanction aurait semblé équitable, mais la punition unilatérale indigna Gio. Tandis que Éric accompagnait Iroquois vers les vestiaires, l'entraîneur fit pivoter l'arbitre.

– Tout ce qui arrive est votre faute ! gronda-t-il. C'est vous qu'on devrait expulser du terrain !

Puis il regagna son banc, abandonnant l'arbitre, pâle de colère.

Lorsque le match put reprendre, l'échange de coups sembla avoir calmé les joueurs. Le jeu redevint subitement correct. Cependant, la fatigue commençait à se faire sentir, et Miraval, qui jouait à dix, pliait maintenant sous les assauts de Lyon. Léo réussit trois arrêts spectaculaires qui enflammèrent le stade. À chaque remise en jeu, il gagnait du temps pour conserver le match nul.

Gio fit entrer Pierre Demangeon à la place de Kamel, blessé au tibia. Vincent servit Kowalsky, qui tira une nouvelle fois aux buts. Le temps s'écoulait. Miraval peinait, mais Lyon n'arrivait pas à conclure. On s'acheminait de nouveau vers la prolongation. Celle-ci serait soumise à la règle du but en or : au premier but, le match prendrait fin, et l'équipe qui aurait marqué serait aussitôt déclarée victorieuse.

L'arbitre siffla la fin du temps réglementaire.
Les jeunes joueurs avaient dix minutes pour récupérer. En attendant la reprise, Vincent s'entretenait à voix basse avec Loïc et Kowa. Kevin restait assis à l'écart. Il n'avait pas digéré les décisions injustes de l'arbitre. Manu parlait de finir en beauté. Éric soignait le genou de Dark avec sa bombe miraculeuse. Gio gardait le silence. Puis, quelques instants avant la reprise, il dit seulement :
– Joli match !
Ces deux mots magiques agirent sur les joueurs comme un euphorisant. Oui, ils s'étaient bien battus et n'étaient pas prêts à baisser les bras.
Lyon, fort de sa supériorité numérique, ordonnait le jeu. Leur première attaque échoua de peu. La suivante surprit la défense de Miraval. Léo repoussa un tir du numéro neuf. L'avant-centre récupéra et passa en retrait à Domingo, qui décocha un tir détourné par la jambe de Florent. Léo plongea. Le ballon lui glissa des mains. Pierre récupéra à quelques centimètres de la ligne. Il passa aussitôt à Florent, qui adressa une longue balle à Kevin. Cette ouverture, le numéro dix de Miraval l'espérait depuis de longues minutes. Devant lui : trente mètres. Il fonça, dribbla le stoppeur, résista à la poussée du libéro.
« Essaie de m'arrêter ! »
Le gardien s'avança. Kevin shoota de l'extérieur.

La balle fusa à ras de terre jusque dans les buts.
Un ballon en or.
Un à zéro. Fin du match.
Kevin sentit qu'on le soulevait. Tous ses coéquipiers l'entouraient et le portaient en triomphe. Il y avait des cris, le bruit et l'ivresse de la victoire.

Léo avait supposé que leur victoire contre Lyon adoucirait le caractère de Gio. Il s'était trompé : jamais l'entraîneur n'avait été aussi sombre et agressif. Depuis le match, seul Léo l'avait revu, à l'occasion de ses visites à Caroline. Mais ils n'avaient pas échangé deux paroles. Pas un mot de félicitations pour ses joueurs parvenus en demi-finale. Certains d'entre eux étaient amers, Kevin en particulier.

– Il n'en a rien à cirer ! répétait-il.

– Tu rigoles ! rétorqua Léo. Tu as vu comment il a vécu le match ? J'ai cru qu'il allait massacrer l'arbitre !

– Il aurait dû ! grommela Iroquois.
Le demi, si joyeux d'ordinaire, était accablé. À la suite de son expulsion, il risquait trois matchs de suspension, si bien qu'il pouvait dire adieu à la fin du championnat. Il ne verrait même pas jouer ses copains en demi-finale, car le tirage au sort avait décidé que le match serait disputé à Nantes, et ses parents n'avaient pas assez d'argent pour lui offrir le voyage.
– Il y a des fois où il me fait peur, avoua Kevin.
– Gio ? Complètement zarbi ! confirma Iroquois.
– C'est sûr, dit Léo. Il a perdu sa femme. Il y a de quoi perdre la tête, non ?
Kevin sourit avec amertume :
– Il n'est pas seulement désespéré. Il est devenu méchant.
Léo haussa les épaules :
– N'importe quoi !
Cependant, Kevin n'était pas le seul à se révolter contre l'attitude de l'entraîneur. Caroline elle-même commençait à craquer.
– Je ne sais plus quoi faire, sanglota-t-elle. Quand j'essaie de l'aider, il me repousse. On dirait qu'il m'en veut.
– Parce qu'il est malheureux, murmura Léo.
– Moi aussi, je suis malheureuse ! s'insurgea la jeune fille. Tu crois que ma mère ne me manque pas ? Sa douceur, son amour. Quand elle était là, Gio était merveilleux, tu ne peux pas savoir !

Léo contempla le petit jardin où Louise et Gio avaient réuni les joueurs de l'équipe, quelques mois auparavant, pour fêter leur victoire dans le championnat de Provence. Avec ses murs couverts de lierre, son gros figuier et son bassin, à l'époque, il lui avait paru magnifique. À présent, il était à l'abandon. Les mauvaises herbes poussaient à travers le gravier de l'allée, et la fontaine était silencieuse.

Les larmes coulaient sur le visage de Caroline. Elle les essuya furtivement en entendant la voix de son père :

– Caroline, où est la photo de Louise ?

– Laquelle ? demanda la jeune fille.

– Tu le sais bien, son portrait !

Les lèvres de Gio frémissaient de colère.

– Elle n'est pas sur ton bureau ?

– Non, elle n'est pas sur mon bureau !

– Tu l'as peut-être montée dans ta chambre ?

– Dis tout de suite que je perds la tête ! gronda Gio. Fais-moi le plaisir de remettre ce portrait à sa place !

– Puisque je te dis que je ne sais pas où il est !

– Eh bien, cherche-le au lieu de rester plantée là !

Caroline disparut dans la maison. En son absence, Gio se mit à arpenter le jardin. On sentait qu'il était hors de lui. Il n'avait même pas remarqué Léo, assis au pied du figuier. Le jeune garçon ne se manifestait pas, à cause de la scène

pénible dont il venait d'être le témoin.
Quelques minutes plus tard, Caroline reparut, tenant le portrait de sa mère.
– Tu l'as, grogna Gio. Où était-il ?
– Dans ta chambre, murmura Caroline.
– Tu te moques de moi !
– C'est vrai !
Caroline était de nouveau au bord des larmes. Mais, au lieu de désarmer Gio, son chagrin l'exaspéra davantage. Il s'avança vers elle, menaçant. Aussitôt, Léo se leva sans réfléchir :
– Calmez-vous, monsieur.
Gio se retourna, étonné :
– Tu es ici ?
– Je suis venu voir Caroline.
– Un conseil : mêle-toi de tes affaires !
Le ton sévère n'intimida pas l'adolescent, tant il était révolté par l'injustice de cet homme qu'il avait si longtemps admiré.
– Pourquoi vous en prendre à Caroline ? Ce n'est pas sa faute si vous êtes malheureux ! s'écria-t-il.
– Ici, tu es chez moi, et je ne t'ai pas invité, dit Gio d'une voix sourde.
– Vous le faisiez quand vous aviez besoin de moi, répliqua Léo.
– Besoin de toi ? ricana Gio. Ce ne serait pas plutôt l'inverse ?
Ils s'affrontaient du regard.
– Autrefois, peut-être, murmura Léo, mais plus

maintenant. Je vous plains. Si elle vous voyait, Louise aurait honte de vous !
La main de Gio s'abattit sur la joue de Léo. Celui-ci devint tout pâle et serra les poings. L'entraîneur, lui, resta immobile, comme stupéfait par le geste qui lui avait échappé.
Brusquement, Léo tourna le dos et quitta le jardin. En passant devant Caroline, il lui pressa la main :
– Désolé.

À la suite des incidents du match Miraval-Lyon, Sylvain Liota, alias Iroquois, fut convoqué par la commission de discipline de la ligue, qui devait statuer sur son sort. En attendant qu'on l'appelle, le jeune joueur, si insolent d'ordinaire, n'en menait pas large.

Les locaux de la ligue de Provence étaient austères, et les officiels n'avaient pas l'air de plaisanter. Raymond Liota, le père de Sylvain, l'avait amené en voiture, puis laissé devant l'immeuble en promettant de venir le chercher deux heures plus tard. Sylvain savait qu'il ne couperait pas à plusieurs matchs de suspension. La violence sur les stades était de plus en plus sévèrement sanctionnée. Or, Sylvain avait agressé un adversaire. Même si Domingo l'avait bien mérité, il n'avait pas d'excuse.

Assis sur une chaise de bois, devant la porte fermée du bureau, Sylvain se sentait très seul.

Un quart d'heure auparavant, un homme était passé devant lui en le dévisageant sans le saluer. Son visage lui avait semblé familier. L'homme avait frappé à la porte avant d'entrer. Sylvain avait entrevu une pièce assez vaste, où étaient réunis plusieurs hommes. À travers la porte close, on entendait bourdonner leurs voix. Soudain, il avait eu un flash : l'homme qui venait d'entrer était Louis Abeille, l'arbitre du match. Sans son habit noir, il était méconnaissable.

L'attente s'éternisait. L'arbitre devait raconter la bagarre à sa manière. Sylvain savait qu'il ne devrait pas essayer de justifier son acte, mais seulement exprimer ses regrets. Les dirigeants du club de Miraval avaient été formels sur ce point. Ils avaient promis d'envoyer Éric pour l'assister, mais celui-ci n'était toujours pas arrivé.

Soudain, Sylvain sentit la pression amicale d'une main sur son épaule. Il se retourna et resta ébahi : Gio s'installait à côté de lui sans dire un mot. Un flot de reconnaissance inonda le jeune garçon. Avec Gio, il se sentait rassuré. Malgré sa conduite anormale de ces dernières semaines, l'entraîneur restait le plus qualifié pour le défendre. En l'examinant, Sylvain le trouva changé. Gio se tenait droit, sûr de lui, et ressemblait au Gio qu'il aimait, le seul homme qu'il admirât réellement.

La porte s'ouvrit enfin.

– Viens, dit l'entraîneur.

Ils entrèrent et s'assirent derrière une table. Face à eux, il y avait trois hommes aux regards sévères. L'arbitre se tenait un peu à l'écart, au bout de la table.

– Vous savez pourquoi vous êtes là, dit le plus âgé des trois hommes. Nous devons décider du sort de ce jeune joueur qui s'est rendu coupable d'une agression au cours du match du 2 août, et a été expulsé du terrain. Avant de vous entendre, je voudrais préciser ceci : la violence a tendance à se répandre sur tous les stades, particulièrement dans le football. Nous ne pouvons pas tolérer ces débordements. La jeunesse n'est pas une excuse, au contraire : les joueurs doivent comprendre, dès les premières années, que le sport n'est pas une occasion de se défouler, mais, au contraire, un moyen d'acquérir la maîtrise de son corps et de son esprit. Quels que soient les motifs et les circonstances, rien ne peut justifier les agressions physiques et verbales. Les comportements de ce genre sont la honte du football. Et vous devez admettre que, dans votre cas, l'indulgence est hors de question.

Ces derniers mots s'adressaient à Sylvain, qui baissa la tête. « Fichu sermon, grogna-t-il intérieurement. Moi, je n'ai pas cherché la bagarre. C'est Domingo qui m'a menacé, et il a tenu ses promesses. C'est lui qui devrait être ici, à ma place ! »

– J'approuve sans réserve ce que vous venez de dire, monsieur le délégué, dit Gio d'une voix paisible. Je voudrais seulement vous faire remarquer que, durant la saison écoulée, mes joueurs n'ont reçu que deux cartons jaunes en dix-huit matchs, et pour des fautes mineures. Sur ces deux cartons, Sylvain Liota n'en a récolté aucun. Et Miraval a été l'équipe la moins sanctionnée du championnat.

– Alors, comment expliquez-vous ce brusque déchaînement de violence ? demanda le délégué.

– J'y viens, poursuivit Gio avec un sourire empreint de tristesse. J'ai formé ces jeunes joueurs, et le résultat de mes efforts a dépassé toutes mes espérances. Il y a parmi eux des éléments d'exception et, au sein de cette équipe, une amitié et une solidarité comme on en voit peu. Je crois leur avoir beaucoup apporté sur le plan technique. Partis du bas du tableau, ils sont en mesure aujourd'hui de remporter le championnat de France…

Le délégué laissa échapper un geste d'irritation :

– Nous savons tout cela !

– C'est le côté positif, poursuivit Gio sans se troubler. Cependant l'influence que j'ai exercée sur eux ne s'est pas limitée aux performances physiques. À la suite de problèmes personnels, ces derniers temps, mon caractère a changé. Je me suis montré irascible, intolérant, injuste. Et cette humeur a rejailli sur mes joueurs. Par ma faute, ils sont devenus à leur tour nerveux et agressifs. Il y a quelques jours, je leur ai donné le pire des exemples en insultant publiquement M. Abeille. Après avoir fait partie du corps arbitral pendant six ans en division d'honneur et enseigné le fair-play, je me suis rendu coupable d'un acte que j'ai toujours condamné. C'est pourquoi, s'il faut punir quelqu'un, il est logique que ce soit moi.

– Ce serait injuste ! protesta Sylvain.

– Vous permettez que je vous parle en particulier ? demanda Gio.

Comme les délégués acquiesçaient, Gio poussa le jeune garçon hors de la pièce en murmurant :

– Ne t'inquiète pas !

Revenu devant la table, il présenta aux membres de la ligue un visage empreint de gravité.

– Pour Sylvain, le football n'est pas seulement un sport, dit-il. C'est aussi un espoir. Son environnement familial n'est pas fameux : des difficultés financières s'ajoutent à la mésentente de ses parents. L'harmonie qui manque chez lui, il la trouve au sein de l'équipe. C'est un coéquipier ardent, loyal et généreux. Ne le privez pas de compétition, du moins pas longtemps. Il tirera une plus grande leçon de votre indulgence que de votre sévérité. En ce qui me concerne, par contre, vous pouvez appliquer une sanction exemplaire : je n'ai aucune excuse.

À ces mots, il sortit pour rejoindre Sylvain en attendant le verdict du comité.

– Vous croyez qu'ils vont cogner dur ? s'inquiéta Iroquois.

– Moins dur que toi, grimaça Gio. Ce qui nous arrive, on l'a bien mérité, non ?

– Et Domingo ? Et les autres ? grommela Iroquois.

Gio prit l'air sévère :

– Rappelle-toi ceci : quelle que soit la responsabilité des uns et des autres, on n'accuse jamais un adversaire, encore moins un adversaire vaincu.

– C'est vrai qu'on sera peut-être champions, soupira Sylvain avec mélancolie.

Dire qu'il restait deux matchs, et qu'il ne les verrait même pas !

À cet instant, la porte s'ouvrit ; les délibérations étaient terminées. À l'intérieur, les trois hommes arboraient un air glacial, qui intimida Sylvain.

– Asseyez-vous, dit l'aîné des délégués. Après avoir examiné ton cas, Sylvain Liota, nous avons décidé de t'infliger un match de suspension.

Le visage du jeune joueur s'illumina :
– Un match ? Mais alors ...
– Tu pourras jouer en finale, du moins nous te le souhaitons.
– Super ! s'écria Sylvain en frappant dans ses mains.
Le délégué hocha la tête :
– Tu aurais mérité trois matchs de suspension. Considère qu'il s'agit d'une mise à l'épreuve. Quant à vous, M. Giovanelli, le comité vous adresse un blâme, avec interdiction de paraître sur le terrain durant les trois premiers matchs de la saison prochaine. Je précise que cette sanction ne concerne pas le championnat de France.
Gio secoua la tête et sourit :
– Je vous remercie.
– À présent, je vais vous dire ce qui a motivé l'indulgence du comité, dit le délégué.
Il tapota un classeur à couverture brune.
– Dans votre dossier, nous avons quinze lettres. Des lettres qui, toutes, plaident en votre faveur.
– Des lettres ? murmura Gio, décontenancé.
Le délégué feuilleta le dossier en énumérant :
– Kamel Faroud, Frank Estève, Stéphane Kowalsky, Loïc Demangeon, Manuel Guardiola, Léo Villeneuve...
Gio détourna la tête pour cacher son émotion. Il murmura :
– Ce sont mes joueurs.

– Il semble que vous ayez sur ces garçons une belle influence. J'espère que vous saurez l'utiliser.

Gio hocha la tête :

– Vous pouvez en être certains.

Puis il alla serrer la main de l'arbitre.

– Veuillez accepter mes excuses.

– Moi aussi, je m'excuse, dit Sylvain, tout joyeux. On se retrouvera peut-être en finale !

– Toi, sans doute, répliqua l'arbitre avec un petit sourire.

Léo n'était pas rancunier. Sur l'instant, la gifle qu'il avait reçue l'avait ulcéré. Il s'était juré : « Jamais je ne le reverrai, ce salaud ! » Mais il ne pouvait pas s'empêcher d'être malheureux en songeant à Caroline. Comment ferait-il, maintenant, pour la rencontrer, la consoler ? Elle avait besoin de lui, et il avait besoin d'elle.
Quelques jours plus tard, il rencontra Iroquois. Celui-ci lui raconta avec enthousiasme la manière dont Gio l'avait défendu devant le comité de discipline.
– Du bluff ! dit Léo.
Iroquois haussa les épaules :

– Je t'assure, il a été génial. Sans lui, j'aurais écopé de trois matchs. Il a tout pris sur lui. Ensuite, on a discuté au café d'à côté en attendant mon père. Un vrai copain, tu ne peux pas savoir !
« C'est peut-être vrai qu'il a changé », se dit Léo. En repensant à leur dispute, il fut assailli de regrets : « Je n'aurais pas dû lui parler de Louise. Ça, c'était vache ! »
Il décida de l'appeler le lendemain, mais le téléphone sonna.
– C'est Gio.
– Salut !
– Comment ça va ?
– Bien.
Question dialogue, on ne pouvait pas plus sommaire.
– Tu peux passer chez moi, cet après-midi ?
– Cet aprèm ? Ouais !
Malgré le ton maussade, au fond, Léo était soulagé. Il allait revoir Caroline, qu'il n'avait pu qu'apercevoir de loin depuis l'incident.
– Quatre heures ? Ça te va ? Surtout, ne sois pas en retard : on a un sacré boulot pour mettre au point les matchs à venir.
Subitement, Gio semblait être redevenu lui-même. Pourtant, en sonnant à la porte, à l'heure prévue, Léo se sentait tendu. Caroline, rayonnante, se jeta dans ses bras :
– Tu es sympa d'être venu, Léo.

Oui, il était gentil, mais si jamais son père avait le malheur de lever encore la main sur lui…
– Ah ! Léo, viens, champion, sers-toi.
Gio était assis près d'une table basse couverte de papiers, de photos, de verres et d'un grand pot de jus de fruit. Pas d'alcool. L'entraîneur était rajeuni. Vif, bronzé, vêtu d'une tenue blanche immaculée. Ses yeux gris se levèrent sur le jeune garçon avec un mélange de tristesse et d'affection.
– Je suis désolé pour mon geste de l'autre jour, dit-il. J'ignore comment j'ai pu en arriver là. C'était injuste de ma part, très lâche. Ça ne m'est jamais arrivé. J'espère que tu me pardonneras.
– C'est moi qui m'excuse, balbutia Léo en serrant la main tendue. J'aurais dû la fermer.
– Surtout pas, dit Caroline en riant : c'est moi qui aurais reçu la baffe !
Gio attira sa fille contre lui d'un geste tendre.
– Tu te demandes sans doute ce qui m'est passé par la tête, poursuivit-il. Je me le demande aussi. C'est le trou noir. J'essaierai de t'expliquer un jour, si j'y arrive. En attendant, on a du travail !
Léo s'installa face à Gio. Après lui avoir servi un verre d'orangeade, Caroline s'assit sur un coussin, les jambes repliées sur le côté, dans une position gracieuse.
« Elle est vraiment très belle ! » songea Léo. Il n'eut guère l'occasion de l'admirer davantage, car Gio partit au galop :

– D'abord le match de Nantes, dit-il.
En demi-finale, Miraval était tombé sur le grand favori du championnat de France. Durant la saison écoulée, Nantes avait marqué soixante buts.
– Une équipe comme je les aime, ajouta Gio. Pétillante, inspirée, pas facile. Pas facile du tout ! Il va falloir bosser sérieusement. Pour commencer : entraînement trois fois par semaine, et samedi, grand match de préparation.
Léo le dévisagea, incertain :
– Un match ?
– Un match, oui, un vrai, comme à Nantes. Une sorte de répétition générale. Un bon conseil : prenez des forces, vous en aurez besoin !
– Un match comment ? Contre qui ? Quelle durée ? On n'est que seize, enfin douze. Certains joueurs sont encore en vacances.
– Tant pis pour eux, dit Gio avec un drôle de sourire.
Léo retrouvait l'homme d'autrefois, sa fausse sévérité pimentée d'ironie. Gio posa les pieds sur la table basse et s'étira :
– Mais il y a un autre match, du sérieux celui-là, du spectaculaire, enfin, j'espère.
– Vous voulez parler de la finale ?
– Pas du tout. La finale, c'est le trente août. Celui dont je te parle aura lieu en septembre, le six. Les vieux de la vieille dans mon genre, organisent une

rencontre à Miraval : Wilson, Dominguez, Ferrara, Durant, Genovese, Cardinet… Ces noms ne te disent peut-être rien.
Cardinet ! Caroline lança à Léo un regard complice. L'ancien champion avait tenu sa promesse : il avait mobilisé tous les copains de Gio.
– France Nord contre France Sud, poursuivit l'entraîneur. Les anciens de Saint-Étienne, Marseille, Bordeaux, Toulouse, Montpellier, contre les vétérans de Paris, Nantes, Strasbourg, Lille, Rennes. Ça va chauffer !
Ses yeux brillaient. Ceux des deux adolescents aussi. L'idée de Cardinet était vraiment géniale : le projet avait métamorphosé Gio.
– La recette du match ira aux enfants handicapés, poursuivit l'entraîneur. On m'a chargé d'organiser tout ça : l'hébergement, la presse. Parce qu'on a intérêt à remplir le stade. Il ne s'agit pas de faire un bide ! Les copains sont gentils : ils m'ont tous écrit, mais c'est moi le responsable.
Malgré son air renfrogné, on devinait qu'il était ravi.
– C'est super, cette idée, dit Léo.
Gio secoua la tête :
– Super, oui, mais la plupart des dirigeants du club sont absents. J'ai besoin de votre aide pour contacter la presse, accueillir les joueurs.
– Pas de problème. Rencontrer des stars, vous

vous rendez compte ! Les copains vont être dingues !
– J'espère qu'ils viendront tous, dit Gio d'un air préoccupé. Miraval est un trou, et moi, un vieux croûton ! Il faut d'ailleurs que je reprenne d'urgence l'entraînement. S'ils pensent jouer contre un infirme, ils ne vont pas être déçus !
– Maman serait heureuse, soupira Caroline d'une petite voix cassée.
– Et toi, Caro, tu es heureuse au moins ? s'inquiéta Gio.
– Moi ?
Elle se blottit contre lui. Léo se leva discrètement :
– Bon, je vais vous laisser…
– Pas question ! gronda Gio. Téléphone à tes parents : tu dînes avec nous. Tu te crois déjà en finale, sans doute. Mais permets-moi de te dire que Nantes va vous tirer aux petits plombs, comme une compagnie de perdreaux.
– Et la France Nord va flanquer une déculottée à la France Sud ! répliqua Léo sur le même ton.
– Petit salopard !
Caroline éclata de rire en voyant Gio soulever Léo et faire semblant de le jeter dans le bassin.

L'équipe s'entraînait maintenant trois fois par semaine, et Gio ne lâchait pas ses joueurs d'une semelle. Il avait insisté particulièrement sur le match du samedi. Et ils étaient tous là, titulaires et remplaçants.
Au bout d'une heure, cependant, ils se demandèrent ce que cet entraînement avait de spécial, car ils avaient juste répété ce qu'ils avaient fait cent fois les jours précédents : l'échauffement avec les exercices de stretching, lent étirement des muscles. Courses en petites foulées, mouvements en rupture. Jeux de passes en triangle, cinq for-

mations de trois joueurs échangeant des balles aériennes. La routine !
Gio leur avait longuement décrit les forces et les faiblesses de leur adversaire, et il avait peaufiné la stratégie. Chacun connaissait son rôle par cœur. Mais l'entraîneur ne voulait rien laisser au hasard, et il les harcelait.
– Il a bouffé du lion ! grogna Frank.
– C'est nous qui avons mangé du Lyon ! hennit Iroquois, faisant allusion à leur dernier match.
Malgré sa suspension, le demi s'entraînait aussi dur que les autres
– Sans moi, ça va être duraille ! claironna-t-il.
– Toi et ton célèbre coup de tête, plaisanta Alain, évoquant le K. O. de Domingo.
– En tout cas, bougez-vous les miches ! tonna Iroquois. Je n'ai pas envie de rater la finale !
– Et ce match ? Vous aviez parlé d'un match, rappela Kevin à l'entraîneur.
Gio sourit d'un air mystérieux :
– Ça arrive !
Il indiqua un car rouge, en train de manœuvrer devant la porte du stade.
– Nom d'un crotale, il a fait venir Nantes ! plaisanta Iroquois.
Les joueurs interrompirent l'entraînement et s'avancèrent vers l'entrée, curieux de voir les jeunes footballeurs qui débarquaient du véhicule.
– Nantes, non, murmura Léo, stupéfait. Mais on

ne va pas s'ennuyer quand même : c'est Mornay !
– Tu charries ?
L'équipe de Mornay avait gagné à six reprises le championnat de Provence et participé autant de fois au championnat de France. La saison précédente, Miraval l'avait emporté sur elle, mais d'un point seulement, après un match très indécis.
Tandis que les deux entraîneurs se saluaient avec amitié, les joueurs de Miraval repéraient leurs adversaires : Carrafa, l'un des meilleurs goals français ; Jérek, le stoppeur, rapide et musclé. Bonnel surtout, l'avant-centre, presque aussi doué que Kevin. Un rôdeur, toujours à l'affût de la moindre opportunité. « Le scorpion », comme le surnommait Iroquois... Ils étaient tous là, visiblement déterminés à prendre leur revanche, car Miraval les avait battus deux fois, et ils n'avaient pas digéré leurs défaites.
– C'était bon, les vacances ? demanda Frank, ironique.
– On s'est quand même entraînés, affirma José-Maria, l'ailier droit de Mornay.
– C'est ce qu'on va voir.
– On est là pour ça !
Ils se défiaient du regard, souriants, mais pas décidés, d'un côté comme de l'autre, à se laisser battre.
– Préparez-vous ! ordonna Gio.
Les joueurs de Mornay s'échauffaient pour la

forme. Ils étaient déjà en tenue ; en effet, dans la matinée, ils avaient occupé le terrain pour s'entraîner. Ceux de Miraval n'y avaient vu que du feu.

– C'est un complot ! clama Iroquois.

Philibert, l'entraîneur de Mornay, était un homme d'une soixantaine d'années, en fin de carrière. Il prit la place d'arbitre. Gio et Éric, munis de drapeaux, allaient l'assister à la touche.

– En douceur, les garçons, recommanda Philibert. N'esquintez pas les champions. Dans une semaine, c'est la demi-finale.

– On va les bichonner ! ricana Jérek.

Dès le coup de sifflet, Léo et ses coéquipiers comprirent que leurs adversaires prenaient le match au sérieux. Une première offensive à deux attaquants obligea le gardien de Miraval à exécuter un bel arrêt. Sur le renvoi, la balle parvint à Kevin, qui se fit contrer par Jérek. Celui-ci passa à son arrière droit, qui monta le long de la touche, perça la défense et alerta Bonnel. La tête de l'avant-centre obligea Léo à mettre en corner.

– Serrez ! hurla le gardien.

L'ailier gauche de Mornay tira le corner. Une balle très travaillée, que Léo manqua. José-Maria la reprit au ras du sol et marqua dans un angle impossible.

Un à zéro. Philibert, radieux, indiqua le centre du terrain.

Kevin engagea rageusement, passa à Vincent. Le meneur de jeu de Miraval évita le tacle de Jérek et servit Kowalsky. Celui-ci fonça le long de la ligne, mais un défenseur poussa la balle en touche. Kowa prit son élan, les mains derrière la tête, et remit en jeu très loin, sur Kevin, qui amortit de la poitrine, jongla avec la balle, passa à Vincent. Le petit demi dribbla deux défenseurs avant de servir Kevin, parti comme un bolide. C'était la combinaison préférée de l'avant-centre. Il avait de l'espace devant lui et pouvait utiliser sa vitesse.
Carrafa se précipita. Les deux joueurs fonçaient face à face. Le gardien semblait avoir une seconde d'avance, mais, au moment où il allait saisir la balle, Kevin la lui enleva du bout du pied. Il évita le goal, à terre, récupéra le ballon et le poussa dans les buts.
– Il faudrait savoir qui c'est, le champion ! beugla Iroquois.
– Bonne question ! dit Bonnel avec un petit sourire.
Quelques minutes plus tard, profitant d'un flottement de la défense, le numéro dix fonça vers les buts de Miraval. Sa descente ressemblait à celle de Kevin, à cette différence que, parvenu devant Léo, au lieu de dribbler le gardien, Bonnel offrit le but à José-Maria. Deux à un !
Philibert siffla la mi-temps.

Après s'être donnés à fond, les vingt-deux joueurs ruisselaient de sueur. Ils se ruèrent à l'ombre de la tribune et s'aspergèrent avec les bouteilles d'eau.

– Je peux prendre une douche ? demanda Iroquois.

– Un bain moussant, tant que tu y es ! gronda Gio. Mais oui, tu peux : Loïc va te remplacer. Phil, tu entres à la place de Stéphane. Toi, Pierre, à la place de Kamel.

– Avec cette chaleur, on devrait jouer en nocturne ! ronchonna Frank.

– À la torche électrique ? gloussa Kevin.

L'éclairage du stade était l'un des projets de la municipalité et de l'E.D.F., mais sa mise en œuvre était sans cesse différée, et Miraval n'était toujours pas équipé de pylônes et de projecteurs. En attendant la reprise, les joueurs bavardaient entre eux. Mornay, qui avait affronté Nantes en quart de finale, deux ans auparavant, faisait part de son expérience.

– Malgré les changements dans leur effectif, ils ont toujours une défense béton, dit Bonnel. Impossible de passer en force.

– En finesse non plus, ajouta José-Maria. Ils sont sacrément rapides en défense, surtout le libéro.

– Si vous jouez comme en juin dernier, vous avez vos chances, fit remarquer Jérek, encourageant. À mon avis, ils ne tiendront pas la distance.

La pause terminée, Philibert les ramena au centre. En deuxième période, Miraval s'imposa peu à peu. Ses joueurs avaient joué tout l'été, tandis que ceux de Mornay venaient tout juste de reprendre l'entraînement.
À la cinquantième minute, Ronaldo s'échappa. Il passa à Vincent, qui effaça son adversaire direct et tira au but. Carrafa, gêné par Phil, repoussa maladroitement. Kevin reprit en demi-volée et plaça le ballon sous la transversale. Égalité !
Mornay tenta de réagir, mais Miraval se déchaîna. Ce n'était plus un match amical, mais une vraie compétition, où chacun jetait toutes ses forces. Sur la touche, les yeux de Gio brillaient de plaisir.
Ronaldo effectua un râteau, suivi d'un dribble éclair, qui laissa Jérek sur place. Il passa en retrait à Loïc, qui frappa du droit. Carrafa détourna d'un bond désespéré. Sur le corner de Phil, Loïc, encore lui, reprit de la tête, juste dans l'angle. Cette fois, le gardien était battu.
Trois à deux !
Après l'engagement, Bonnel et José-Maria effectuèrent une attaque combinée proche de la perfection, mais Florent intercepta et relança sur Frank, qui descendit le long de la ligne. Au centre, Vincent appelait le ballon. La passe, trop haute, loba le demi. Phil récupéra acrobatiquement et obliqua au centre. La défense de Mornay

s'était bien regroupée. Phil dribbla un adversaire, puis passa à Loïc, qui prolongea sur Ronaldo. Celui-ci dribbla successivement trois adversaires. « Trop personnel ! » grommela Gio en le voyant s'enliser dans la défense. Soudain, d'une talonnade, l'ailier servit Kevin qui ne laissa aucune chance au gardien. Quatre à deux !

Sans perdre de temps, les joueurs coururent se replacer derrière la ligne médiane.

« Ils ont faim. De vrais loups ! » jubilait Gio.

– Ici ! cria Phil.

La balle lui parvint, mais Jérek la lui subtilisa d'un tacle glissé. À la remise en jeu, l'ailier servit Vincent. Celui-ci passa deux adversaires avant de donner le ballon à Kevin. L'avant-centre couvrit sa balle pour résister à Jérek, puis il se débattit et leva les bras, car le stoppeur le retenait par le maillot.

L'arbitre siffla. Coup franc !

Kevin prit son élan et adressa une balle bien brossée, qui contourna le mur de Mornay. Mais Carrafa était à la parade. Le gardien dégagea très loin, au-delà de la ligne médiane, en direction de Bonnel, qui se joua de Dark et distança Pierre. Il se heurta à Florent, intraitable. Le libéro récupéra et relança pour Kevin. Celui-ci réussit un bel amorti. Il évita le tacle d'un défenseur et alerta Vincent, à droite. Le meneur de jeu contrôla et tira. Une balle étonnamment puissante pour un si petit gabarit, et un but, le plus beau du match. Cinq à deux !

Sur cet exploit, Philibert siffla la fin de la rencontre et félicita les joueurs :

– Belle partie ! Je crois que vous êtes au point.

Les joueurs de Mornay, à court de compétition, étaient épuisés, tandis que leurs adversaires affichaient une certaine fraîcheur.

– Pas mal, dit Gio. Un peu mou sur la fin.

Ils se mirent à rire. Ils retrouvaient leur boss et ses airs moqueurs.

– Mornay vous a ménagés, ajouta Gio. Nantes ne vous fera pas de cadeau !

– Surtout à toi, le buteur, confirma Bonnel en serrant la main de Kevin. Ils seront à deux, pendus comme des molosses à tes mollets, ils ne te lâcheront pas. J'ai connu ça : impossible de faire un pas sans être coincé, ficelé, neutralisé.

– Tant mieux ! Ça laissera plus de champ aux autres, plaisanta Vincent.

Jérek hocha la tête :

– Vous tenez la forme. J'espère que vous irez jusqu'en finale.

– Sympa, le match ! dit Iroquois.

– C'est ce qu'on dit quand on gagne, grimaça Bonnel.

Quand il n'était pas sur le terrain avec ses joueurs, Gio s'entraînait en prévision du match Nord-Sud.
Pendant des années, il avait couru chaque jour et s'était imposé des heures de gymnastique. Parfois, il disputait un ou deux sets de tennis contre Caroline. Grâce à cette discipline, il avait évité le handicap physique qui aurait pu résulter de son accident. Mais, depuis la maladie et la mort de Louise, il avait tout abandonné. Le manque de sommeil, la perte de l'appétit, l'abus des tranquillisants, l'anxiété enfin l'avaient affaibli.

Pour se refaire une santé, il avait prolongé d'un mois ses vacances d'été avec l'accord du gérant de l'imprimerie qui l'employait. Mais, malgré les efforts de Gio, les progrès étaient lents. Huit jours après avoir repris l'entraînement, il souffrait de crampes et s'essoufflait après trois kilomètres, alors qu'il était capable de courir un marathon un an auparavant.

Conscient et honteux de ses faiblesses, il avait interdit à Caroline de l'accompagner. Ce lundi-là, il s'en félicitait particulièrement. Assis sur un arbre abattu, au milieu des collines qui dominaient Miraval, il avait de la peine à récupérer.

« Un vieil homme, voilà ce que je suis devenu », songea-t-il avec amertume.

– Salut, Gio !

Frank et Léo s'approchaient en courant. Ils se laissèrent tomber à côté de lui. Gio tenta de faire bonne figure, mais la présence des deux adolescents le gênait.

– Vous êtes bien matinaux !

– Vous aussi, répliqua Léo.

– Moi, j'ai fait ça toute ma vie, dit Gio. Lever : cinq heures, gym et training.

– On espérait bien vous rencontrer, avoua Léo.

Au lever du soleil, les collines étaient désertes. Gio pouvait s'étouffer et s'effondrer sans témoin.

Gio fronça les sourcils :

– L'entraînement, c'est demain après-midi, je

vous signale.
Frank lança un bref coup d'œil à Léo :
– On s'est dit qu'on pourrait peut-être courir un peu avec vous.
– Mauvaise idée, grogna Gio. J'ai besoin de retrouver mon rythme, et j'en suis encore loin. C'est un travail solitaire. Au lieu de rester dans mes pattes, vous feriez mieux de penser au match de dimanche.
– Je ne fais que ça, soupira Frank. Un petit tour dans les collines, ça change les idées.
– C'est Caroline qui vous a dit où j'étais ?
– Oui, reconnut Léo. Je lui ai téléphoné parce que j'avais quelque chose à vous demander.
– De quoi s'agit-il ?
– Bonnel m'a conseillé de me méfier d'un Nantais : Ziegler, un attaquant. Il paraît qu'il mesure un mètre quatre-vingt-dix et qu'il est imbattable de la tête. Vous avez des tuyaux à son sujet ?
– J'en ai, en effet. Bonnel retarde d'un an : Ziegler a seize ans aujourd'hui, c'est-à-dire qu'il n'a plus l'âge de jouer dans votre sélection.
– Ouais ! s'écria Léo.
Gio secoua la tête :
– Cette importante question ne pouvait pas attendre demain ?
– Pensez : un mètre quatre-vingt-dix ! Je dormirai mieux cette nuit.

– Tu te fiches de moi ? demanda Gio, mi-grondeur, mi-amusé.
– Moi ? protesta Léo avec une fausse innocence.
Gio prit l'air féroce :
– En résumé, vous vous êtes dit : le vieux est en train de souffrir. Il faut qu'on aille à son secours !
– Pas comme ça, en tout cas, dit Frank.
– C'est une question d'amitié, ajouta Léo.
Gio se mit à rire :
– Alors, si c'est une question d'amitié... Vous allez pouvoir m'aider, mais pas ici.
– Je sais, je sais, grogna Léo. L'organisation de votre match Nord-Sud ! J'ai téléphoné aux joueurs et aux journaux, comme vous l'avez demandé. J'ai aussi pointé la liste des invités avec Caroline, elle vous le dira...
– Tu es un parfait secrétaire, plaisanta Gio. Mais je ne parlais pas de ce travail-là. C'est au stade que j'ai besoin de vous. Vous allez m'entraîner.
– Génial ! s'écria Frank.
Gio consulta sa montre :
– Il est huit heures et quart. Je finis mon parcours, et je vous retrouve en bas vers neuf heures. D'accord ?
– O. K., dit Léo, tout joyeux.
Les deux adolescents se levèrent et disparurent. Aussitôt, Gio reprit le chemin des collines. Trois quarts d'heure plus tard, comme il l'avait annoncé, il était de retour, moins fatigué qu'il ne

l'avait redouté.

– Ce n'est pas aujourd'hui que vous me passerez un but ! fanfaronna Léo en jonglant avec le ballon.

– Dix buts, annonça Gio. Dix buts en un quart d'heure. Si tu parviens à m'en empêcher, je t'invite à l'Escale.

– Le resto de Carry ? s'exclama Léo. Vous rigolez !

– Pas du tout.

– Je pourrai manger des rougets ?

– Tout ce que tu voudras.

– Et moi ? demanda Frank.

– Toi, même régime. Tu vas jouer stoppeur, me marquer serré et m'empêcher de tirer au but.

Frank lança un cri de guerre digne d'Iroquois.

– Le panard ! Pour moi, ce sera des rognons de veau poêlés au caramel ! Vous pouvez déjà prévenir le chef.

Gio éclata de rire.

– Préparez-vous. Je me mets en tenue, et je vous rejoins, dit-il en s'éloignant vers les vestiaires.

À son retour, en voyant ses cheveux humides et son maillot collé aux épaules, ils devinèrent qu'il avait pris une douche. Léo et Frank bouillaient d'impatience. Gio, lui, était très décontracté.

– Vous êtes en forme ? demanda-t-il.

Ils pensèrent : « C'est à lui qu'il faut demander ça ! » À part quelques coups de pied arrêtés, ils ne

l'avaient jamais vu jouer. Dans leur esprit, sa blessure le condamnait à éviter les contacts et les efforts violents.

Gio s'approcha de Léo :

– Mets tes gants !

– J'ai trop chaud.

– Je te dis de mettre tes gants !

Il s'adressa à Frank :

– Toi, le stoppeur, tu dois me bloquer avant les seize mètres. Je ne franchirai jamais la ligne, mais je pourrai tirer de beaucoup plus loin. O. K. ? Bon, il est neuf heures vingt. Vous êtes prêts ?

– Prêt !

D'un air nonchalant, Gio alla récupérer le ballon, qui avait roulé en touche. Il revint au petit trot, puis il accéléra brusquement, feinta à gauche, ramena le ballon à droite et décocha un tir qui laissa Léo pétrifié.

– Joli ! grogna Frank.

Il s'était laissé surprendre, mais il ne commettrait pas deux fois la même erreur. Ah, Gio voulait jouer à ça, il allait être servi !

Léo renvoya le ballon. Gio réussit un amorti impeccable. Frank se rua sur lui. Gio pivota, tout en conservant la balle rivée à son pied droit. Après un tour complet, il frappa, du gauche cette fois, et prit Léo à contre-pied.

– Deux, annonça-t-il. Frank, regarde le ballon au lieu de me regarder, moi. Prêt ?

– Ouais, dit l’arrière.

Cette fois, Gio partit de beaucoup plus loin. En pleine course, il réussit un petit pont, récupéra et adressa un tir croisé qui claqua dans les mains du gardien. Léo comprit pourquoi Gio avait exigé le port des gants. Il souffla sur ses doigts en riant.

– Bel arrêt ! apprécia Gio.

Aussitôt après, il marqua quatre buts d’affilée en se jouant de l’arrière et du goal.

– Six sur sept ! grommela Frank.

Sur l’attaque suivante, il se jeta dans les jambes de Gio. L’entraîneur évita le tacle avec une souplesse étonnante, puis il fusilla le jeune gardien.

– Plus que trois !

Deux minutes plus tard, Frank réussit un joli contre et s’empara du ballon. Pourtant, Gio marqua encore deux buts, dont un en soulevant le ballon et en effectuant un retourné. Quand il eut marqué, il regarda sa montre et déclara :

– C’est l’heure, vous avez gagné !

– Comment ça, gagné ?

– Je n’ai marqué que neuf buts, au lieu des dix annoncés. Vous êtes bons pour l’Escale. J’espère que nous fêterons votre victoire contre Nantes.

– Caroline viendra aussi ? demanda Léo négligemment.

Gio prit l’air hargneux :

– C’est tout ce qu’il te faut ?

– Pour le moment, oui, dit Léo en riant.

Le mercredi précédant leur match contre Nantes, les joueurs arrivèrent au stade en avance. Malgré l'heure matinale, Gio et Éric étaient déjà là, en train de pointer la liste des équipements.

– Préparez vos chaussures et vos dossards, recommanda Éric. N'oubliez pas vos crampons : il vous faut du treize et du seize. Le seize surtout, car en principe le terrain est lourd : là-bas il pleut, depuis trois jours.

– Un quinze août ? s'étonna Dark.

– Ils ont un été pourri, dans l'Ouest.

– Loïc, tu vas remplacer Sylvain, décida Gio. Vincent jouera au poste de deuxième avant-

centre. Toi, tu seras le pivot de l'équipe.
Loïc sentit son cœur se dilater. Durant cette saison, il avait entretenu de mauvais rapports avec Gio, car le boss, qui n'appréciait pas sa manière de jouer, le laissait la plupart du temps sur la touche. Mais il avait eu la chance de faire ses preuves, notamment au cours du dernier match de l'année, en marquant le but décisif qui avait permis à Miraval de remporter le championnat. Et voilà que Gio lui confiait un rôle capital !
– Pas de problème, dit-il d'un air désinvolte.
Gio émit un grognement approbateur.
– Toi, Phil, ajouta-t-il, tu commenceras le match, puis tu laisseras la place à Stéphane. Pendant la première mi-temps, je veux que tu te défonces, tu entends ? Sers-toi de ta vitesse, affole-les, mais, surtout, ne perds pas ton calme, quoi qu'il arrive. Je connais l'arbitre, il ne laissera pas passer la moindre faute.
Il se tourna vers les autres :
– Kevin ! Où est Kevin ?
– Malade, dit Léo.
Gio et Éric se regardèrent.
– Comment ça, malade ? s'étonna Gio.
– Il a une fièvre de cheval. C'est une gastro, paraît-il.
– Pourquoi on ne m'a pas prévenu ? s'emporta Gio.

Léo fit un geste d'impuissance :
– Il a téléphoné chez vous. C'est Caroline qui m'a mis au courant. Je pensais que vous l'étiez aussi.
– J'étais à Martigues, grommela Gio.
– Et moi, à Arles, dit Éric.
On les sentait tous les deux préoccupés. Sans le buteur de l'équipe, les chances de Miraval étaient sérieusement compromises.
– Stéphane, tu joueras avant-centre, finit par décider Gio. Toi, Phil, oublie ce que j'ai dit : tu devras tenir tout le match. Alors, ménage tes forces. Pas d'affrontement inutile.
– Et moi ? demanda Pierre.
Le jeune frère de Loïc était déçu. Une fois encore, tout se passait sans lui. Il avait beau s'entraîner sérieusement, il n'avait pas encore gagné sa place de titulaire dans l'équipe.
– J'ai besoin d'un joueur solide en réserve, répondit Gio. En cas de blessure, et à n'importe quel poste. Je compte sur toi !
« Du baratin ! » songea Pierre avec amertume. Sa chance ne viendrait jamais. Il n'était même pas un vrai remplaçant. Un simple bouche-trou ! Il aurait voulu plaider sa cause, mais Gio les abandonna sans avertir. Tandis qu'Éric ralliait l'équipe et entamait un footing, l'entraîneur fonça chez les parents de Kevin.
Les Audouard possédaient un garage sur la

route de Salon-de-Provence. Yves Audouard était absent. Un mécano indiqua à Gio le chemin de sa villa. Celle-ci était séparée de l'atelier par un jardin. Lorsqu'il sonna, Nadine, la mère de Kevin, lui ouvrit la porte. Gio n'était pas très à l'aise, car les Audouard l'avaient convié à dîner, quelques semaines auparavant, et, dans la détresse qui était la sienne à cette époque, Gio avait oublié l'invitation. Depuis, il avait envoyé une lettre d'excuses, mais il se sentait encore coupable. La gentillesse de Nadine le rassura :

– Monsieur Giovanelli, quelle bonne surprise !

Gio n'eut pas le temps de s'excuser de nouveau : Nadine l'entraîna aussitôt vers une terrasse couverte de vigne vierge.

– Kevin est là. Il a passé une mauvaise nuit. Ce matin, il va un peu mieux.

Elle montra le jeune garçon étendu sur une chaise longue. Son visage était pâle et ses traits s'étaient creusés.

– Gio, désolé !

– Sa fièvre est tombée, dit Nadine.

Gio grimaça un sourire :

– Comment tu te sens ?

– Comme un escargot sans coquille !

– Je vois. Repose-toi bien afin d'être en forme pour la finale.

– La demi-finale, vous voulez dire !

– Pour dimanche, ne t'inquiète pas : Stéphane jouera à ta place.
– Des clous ! se hérissa Kevin.
Gio échangea un regard amusé avec Nadine.
– Un escargot en pointe ?
– D'ici dimanche, j'aurais repris la forme ! protesta Kevin.
– C'est vrai qu'il récupère vite, confirma Nadine. Pour ça, il ressemble à mon mari : agonisant un jour, et plein d'énergie le lendemain.
Gio la dévisagea avec sympathie : elle ne ressemblait pas aux mères poules qui couvaient leur progéniture et la gardaient sous la couette au moindre bobo.
– Écoute, voilà ce que je te propose, dit-il à Kevin : je reviendrai te voir vendredi matin. Si tu vas mieux et si le médecin l'autorise, je t'emmène à Nantes. Mais que ce soit bien clair : tu seras remplaçant.
– Pourquoi pas ramasseur de balles ? grommela Kevin.
– C'est une idée !
Gio et Nadine se mirent à rire, tandis que Kevin boudait, remâchant sa déception.
Après avoir quitté la maison des Audouard, Gio se dépêcha de regagner le stade. En son absence, Éric avait organisé un match de sixte. Dès que Gio parut, les joueurs s'arrêtèrent en pleine action et se précipitèrent vers lui :

– Alors ? Kevin ?
– Pas brillant, répondit Gio.
Léo secoua la tête :
– Dur pour l'équipe !
– On décidera vendredi, dit Gio rassurant. S'il va mieux, on l'embarque, quitte à le laisser sur la touche ou le faire entrer en fin de match.
– Conclusion : je resterai seul pendant que vous allez tous vous éclater ! soupira Iroquois avec mélancolie.
– Qu'est-ce que tu me chantes ? gronda Gio.
– Je suis suspendu, je vous signale.
– Et alors, tu ne te figures pas qu'on va t'abandonner ici ?
Frank lui flanqua une bourrade :
– Qu'est-ce que tu crois, mec ?
Comme Iroquois les regardait, incrédule, Gio comprit ce que l'adolescent avait en tête : le club ne finançait pas le voyage des joueurs suspendus et les difficultés financières de ses parents ne leur permettaient pas d'envisager une telle dépense. Donc, il était condamné à rester à Miraval.
– Suspendu ou pas, tu as les mêmes droits que les autres, annonça Gio avec fermeté : le voyage, l'hôtel, le stade, tout est pris en charge. Départ : samedi quatorze heures. Et pas d'excuse !
– La vache ! hurla Iroquois en levant ses bras au ciel.
Il ignorait une chose : ce n'était pas le club, mais

Gio lui-même qui payait son déplacement. Comme s'il s'en doutait, il vint frapper amicalement l'épaule de l'entraîneur :
– Je ne vous l'ai jamais dit, mais on a tous envie d'être champions, rien que pour vous voir applaudir. Essayez un peu pour voir. Je parie que vous ne savez plus le faire, depuis le temps !
– Applaudir ! Et puis quoi encore ? renifla Gio en se détournant pour cacher son sourire.

Le seize août, il pleuvait sur Nantes. Ce n'était pas un de ces déluges d'été, brefs et violents, comme on en voyait à Miraval, mais une pluie douce et têtue, qui tombait sans interruption depuis quatre jours. La pelouse du stade de la Beaujoire, saturée d'eau, était glissante.
Une heure avant le début de la partie, l'arbitre vint examiner l'état du terrain. Celui-ci était limite et, normalement, le match aurait dû être reporté. Mais les joueurs de Miraval avaient fait un long voyage. Sans compter que la finale du championnat, qui devait avoir lieu quinze jours plus tard, excluait les possibilités de report.

L'arbitre donna donc un avis favorable : le match allait avoir lieu.
Cinq minutes après être sortis des vestiaires, les joueurs avaient leurs maillots aussi trempés que le terrain.
– Ça vaut quand même mieux que la pleine chaleur ! exulta Frank. Ici, au moins, on respire.
Léo fit la grimace. Le jeune gardien détestait la pluie qui l'aveuglait et alourdissait le ballon. Alain, de son côté, contemplait les tribunes :
– Il n'y a pas un chat !
– Les chats détestent la pluie, ricana Manu. Ils sont tous devant leur télé !
– C'est ça, pour voir des ringards dans ton genre !
Ils plaisantaient, pas trop crispés, contrairement à Gio, qui arborait une mine aussi grise que le ciel. À côté de lui, Kevin, enfoui dans un K-Way, faisait la tête. Le médecin avait donné son feu vert pour le voyage, mais Gio l'avait inscrit parmi les remplaçants.
Iroquois, suspendu, n'avait pas droit au banc des visiteurs. Il se tenait dans une tribune, en compagnie des cousins de Kamel, qui avaient fait le voyage de Bretagne pour assister au match et soutenir leur équipe.
Les joueurs nantais entrèrent à leur tour sur le terrain, vêtus de superbes maillots jaunes, comme leurs aînés, les célèbres Canaris. Ils vinrent saluer

leurs adversaires et leur souhaiter bonne chance.
– Vachement cool, les mecs, dit Alain, conquis.
Kowalsky haussa les épaules :
– Ce n'est pas une raison pour leur faire des cadeaux !
Au centre, après avoir procédé au tirage au sort, l'arbitre regarda le ciel, lourd de nuages. Il consulta sa montre, puis il fit signe aux deux équipes de se mettre en place.
Le match débuta en douceur. Les deux équipes s'organisaient dans ces conditions difficiles et assuraient leurs tirs. Le terrain, à peine praticable, freinait le ballon. Il fallait opérer en passes courtes. Ce round d'observation dura dix minutes, puis le match s'anima un peu. Vincent servit Kowalsky, qui fonça vers les buts nantais. Sur les ailes, Phil et Ronaldo appelaient le ballon, mais Kowa continua sa course comme s'il n'avait rien vu. La tête rentrée dans les épaules, il avait l'air hargneux. La vitesse n'était pas sa qualité principale, à la différennce d'Alain et de Kevin, mais il semblait étrangement à l'aise sur cette patinoire. Il résista à la charge appuyée d'un défenseur nantais et mit toute sa puissance dans un shoot qui trompa le gardien nantais. Un à zéro !
Kevin lança à Gio une bourrade qui faillit projeter l'entraîneur hors du banc.
– Tiens, tu te réveilles ! commenta l'entraîneur.

– Et comment ! Un à zéro, après dix minutes !
Les copains dansaient tous ensemble, accrochés à Kowa. Kevin trépignait. Il aurait donné n'importe quoi pour se trouver parmi eux.
Le match continua. Cependant, le temps se gâtait de plus en plus. Sur le terrain inondé, les flaques cassaient les actions. Le numéro dix nantais perdit la balle en pleine offensive. Déséquilibré, il percuta Léo, qui resta à terre. Croyant à un acte volontaire, Frank s'approcha, furieux, mais Léo l'arrêta :
– Laisse !
L'attaquant aida le gardien à se relever. Les joueurs étaient couverts de boue, au point qu'on avait du mal à distinguer les jaunes des bleus ; les dossards étaient illisibles. Le match tournait à la farce.
À la mi-temps, Miraval menait toujours, mais les deux équipes avaient de plus en plus de mal à développer un jeu cohérent.
– J'aurais dû amener mes patins, lança Alain.
– C'est ça que tu avais aux pieds, mec, dit Dark. On se serait cru à Holiday on Ice.
La pluie avait cessé. L'arbitre siffla la reprise. Gio avait donné ses consignes : servir Kowalsky, en grande forme, et consolider la défense.
Vincent, qui jouait en demi-teinte depuis le début du match, avait peu à peu adapté sa technique au terrain. Toujours en mouvement, il échappait à la

défense et offrait fréquemment à ses coéquipiers l'occasion de tirer. Le gardien nantais sauva à trois reprises, puis il encaissa un deuxième but : une balle glissée par Alain, avec une adresse diabolique, entre trois défenseurs.

Kevin sauta au cou de Gio. Mais, au lieu de hurler sa joie, l'entraîneur était toujours tendu. « Qu'est-ce qu'il a ? s'étonna Kevin. On est pratiquement en finale ! »

– Je vous ai refilé ma gastro ? demanda-t-il.

Gio laissa paraître une ombre de sourire avant de se perdre dans la contemplation du ciel. La pluie était revenue. C'étaient maintenant des trombes d'eau, et le match était loin d'être fini. « Ils vont s'enliser ! » pensa Kevin avec une secrète satisfaction. Sûr, avec cette balle glissante et ce terrain pourri, jamais les Nantais n'arriveraient à combler leur retard. Tout à coup, l'arbitre profita d'une sortie en touche pour interrompre le match. Après avoir consulté ses assistants, il indiqua le chemin des vestiaires.

– Il reste tout juste un quart d'heure ! protesta Kevin.

Gio hocha la tête :

– Tu vois bien que le terrain est impraticable.

Ils rejoignirent les joueurs dans les vestiaires. Là, Gio interrogea l'arbitre. L'homme en noir secoua la tête :

– Impossible de poursuivre dans ces conditions.

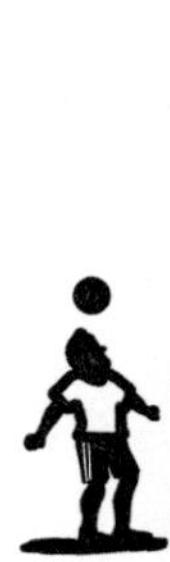

Je propose de reporter le match à demain après-midi, si vous êtes d'accord. La météo s'améliore : on annonce le plein soleil.

– Un peu court pour récupérer, mais je suis d'accord, dit l'entraîneur nantais.

– Moi aussi, dit Gio.

– Et le score ? s'inquiéta Kevin.

– On repart à zéro, c'est le règlement, dit Gio.

Tous les joueurs de Miraval baissèrent la tête, sauf Kowalsky, qui s'écria :

– Ça n'allait pas trop mal sous la pluie alors, sous le soleil, je vous prédis un grand match !

Soudain, une crête noire surgit à l'entrée des vestiaires.

– On rejoue demain ? s'exclama Iroquois. Alors, je reprends ma place ?

– Quel est ton nom ? demanda l'arbitre.

– Sylvain Liota.

L'homme en noir consulta sa fiche.

– Suspendu, n'est-ce pas ? Non, tu ne pourras pas jouer, pas demain.

– Mais on avait dit un match de suspension, pas deux !

– Considère que le match d'aujourd'hui n'a pas eu lieu.

– Tu parles ! grommela Iroquois en retournant sous la pluie.

MIRAVAL 1:4

Le lendemain, le soleil brillait dans un ciel sans nuage. Une chaleur moite régnait sur la ville. Durant la matinée, la pelouse de la Beaujoire avait été remise en état et, au début de l'après-midi, les spectateurs avaient fait leur apparition. On aurait dit que le match de la veille n'avait été qu'une simple répétition.

Kevin triomphait, car il allait tenir sa place. Cette fois, c'était Phil qui restait sur le banc. L'équipe jouerait à deux avant-centre : Kevin et Kowa.

Dès le coup d'envoi, Nantes montra son vrai visage : une équipe alerte et technique, aux actions parfaitement coordonnées. Le terrain boueux de la

veille l'avait paralysée. Là, elle se libérait et obligeait Miraval à se replier en défense.
Léo bloqua un tir tendu. Il fit signe à ses coéquipiers de monter davantage pour desserrer l'étau de leurs adversaires. Mais les Nantais, excellents de la tête, récupéraient toutes les balles hautes. Pour éviter ce handicap, le gardien relança à la main. Miraval se reprit et commença à jouer à son rythme. Cependant, toutes les attaques se heurtaient à une défense intraitable.
Après un quart d'heure de jeu, Gio constata que les deux équipes se ressemblaient d'une manière étonnante : même utilisation du centre et des attaquants, même défense robuste, sur laquelle se brisaient les contre-attaques de part et d'autre.
On atteignait la demi-heure de jeu lorsque Kevin, bien servi par Loïc, s'échappa. Le goal nantais tenta une sortie hasardeuse. En pleine course, Kevin poussa la balle de l'extérieur du pied, un tir tout en finesse qui frôla le gardien et fit trembler les filets. Un à zéro.
Après l'explosion de joie habituelle, les joueurs de Miraval regagnèrent leur camp avec la certitude que ce but allait les libérer et forcer les Nantais à relâcher leur défense. Mais ceux-ci restèrent fidèles à leur technique et, quelques instants plus tard, sur un renvoi trop court de Kamel, l'ailier droit de Nantes reprit de volée et expédia le ballon dans les buts.

Dix minutes après, grâce à une jolie combinaison, Loïc et Vincent arrivèrent à proximité des buts nantais. Ils fixèrent deux défenseurs, et Loïc passa à Kowalsky, démarqué, qui fusilla le gardien.
Miraval avait repris l'avantage. Comme la première fois, les Nantais lancèrent aussitôt leur course-poursuite. Multipliant les offensives à trois ou quatre attaquants, ils forcèrent leurs adversaires à se replier en défense. Miraval ne procédait plus que par contre-attaques. À ce jeu, si Kowalsky soutenait toujours le rythme, Kevin commençait à donner des signes de fatigue. La mi-temps était proche : trois, quatre minutes ? L'avant-centre serra les dents : « Il faut que je tienne ! »
Tout ce qu'il voulait, c'était garder l'avantage jusque-là, avant de céder sa place. Malheureusement, le numéro dix adverse ruina cet espoir en réalisant un exploit. Il dribbla successivement Dark, Kamel et Florent, puis trompa Léo. Deux à deux !
Sans attendre l'engagement, l'arbitre siffla la mitemps. Kevin abaissa le pouce vers le sol pour indiquer qu'il était *out*. Les muscles douloureux, il enfila son survêtement et s'effondra parmi ses copains. Pendant ce temps, Gio redistribuait les rôles :
– Phil, à l'aile. Toi, Loïc, tu passes en pointe avec

Stéphane. Vincent, tu restes au centre. Rien à dire sur la première période. Le score reflète la réalité : vous êtes de force égale. Ce qui signifie qu'il ne faut compter ni sur la technique individuelle, ni sur la tactique. Ce qui va faire la différence, c'est la volonté. Je sais que vous avez déjà un match dans les jambes, mais dites-vous qu'ils l'ont aussi. Je crois qu'ils ont souffert plus que vous, hier. Concentrez-vous. C'est le moment de vous défoncer.

Il entraîna Kevin hors du terrain. La partie recommençait. Durant les dix premières minutes, malgré les efforts de Kowalsky, l'absence de Kevin se fit sentir. Puis Loïc trouva ses marques et se déchaîna à son tour. Sur un joli centre de Phil, il prolongea de la tête sur Kowa qui marqua en force du genou. Trois à deux !

– Comme ça ! jubila Gio.

Il se tourna vers Kevin lui tâta le front. L'adolescent se dégagea avec agacement :

– Je n'ai pas de fièvre !

– Qu'est-ce qu'il te faut ?

Mais cette fièvre-là, Gio la connaissait par cœur. Un excès de passion, dont lui-même n'était pas près de guérir.

À l'engagement, Nantes lança une nouvelle offensive. Le numéro six monta à droite, puis renversa le jeu.

– Reviens ! gronda Gio.

Frank s'était trop avancé. Il revenait à toute vitesse, mais l'ailier de Nantes obliqua au centre, passa Florent et s'approcha des buts, flanqué de Dark, qui le suivait comme son ombre. En pleine action, l'ailier bloqua le ballon. Dark, emporté par le mouvement, continua sa course. Voyant débouler l'avant-centre, le stoppeur tenta un retour désespéré. Trop tard. La balle, brossée avec soin, parut sortir, puis elle toucha le poteau et pénétra dans les buts, malgré le plongeon de Léo. Trois à trois. Dix minutes à jouer.
Dans la tribune, Iroquois, entouré de quelques supporters et des cousins de Kamel, hurlait comme un fou.
– Dur ! dit Kevin
Gio haussa les épaules :
– Qu'est-ce que tu crois ? Ce n'est pas pour rien que les Nantais sont favoris !
– On se bat bien.
Gio esquissa un sourire :
– Mieux que ça ! Regarde Loïc !
En position d'avant-centre, Loïc accomplissait un travail formidable. Relayant Vincent, il servait Alain et Kowalsky avec un sens du jeu étonnant. À six mètres des buts, il offrit l'occasion du but victorieux, mais Kowa, qui était gaucher, perdit quelques secondes pour placer le ballon sur son bon pied. Le libéro nantais le contra.
La partie perdait de l'intensité. Les deux équipes

n'en pouvaient plus. Six minutes de jeu. Loïc s'échappa. Après une montée solitaire, il servit Phil, à l'aile gauche. Celui-ci contrôla, effaça son adversaire par un superbe mouvement de jambe, puis il centra. À la réception, Loïc sauta très haut, mais il se heurta au stoppeur nantais et s'écroula. Le gardien, en pleine extension, se saisit du ballon et retomba de tout son poids sur le joueur de Miraval. Depuis le banc de touche, Gio entendit le hurlement de Loïc.

Un Nantais dégagea en touche pour interrompre la partie. Au sol, Loïc se tordait de douleur. Éric se précipita, tâta la cheville du blessé. L'arbitre leva le bras pour appeler les soigneurs. Gio entra à son tour et s'agenouilla près du jeune joueur, puis il l'accompagna, tandis qu'on l'emportait sur une civière.

Quelques minutes plus tard, il revint, l'air soucieux. Kevin l'interrogea du regard.

– Fracture, dit l'entraîneur. Le médecin lui a administré un calmant.

En son absence, Éric avait fait entrer Pierre. De leur côté, les Nantais avaient mis en jeu deux attaquants tout frais, et ils faisaient maintenant du forcing. Léo dut effectuer deux arrêts audacieux. Puis il dégagea le plus loin possible pour écarter le danger. Ce fut Pierre qui récupéra le ballon. La blessure de son frère semblait galvaniser le jeune joueur, d'ordinaire assez lent. Il résista à la charge brutale du stoppeur de Nantes et passa à Kowalsky. Celui-ci s'élança à sa manière, lourde, irrésistible. Aussitôt, deux défenseurs tentèrent de le prendre en tenaille. Juste avant le contact, Kowa glissa pour Alain. Malgré son but, Ronaldo avait été peu sollicité jusqu'à présent. Il se réveilla brusquement, évita le dernier défenseur et se présenta devant le gardien nantais bien placé. Là, il exécuta un dribble foudroyant, comme à l'entraînement, et entra dans les buts balle au pied.

Quatre à trois !

Toute l'équipe se précipita sur le buteur. Kevin, oubliant sa fatigue, se dressa sur le banc de touche. Iroquois lança un cri de guerre, puis il se rua vers les vestiaires pour annoncer l'exploit à Loïc. Le blessé était un peu dans les vapes, mais il eut la force de lever le poing.

– Trois minutes, mec. Je reviens !

Iroquois regagna sa tribune juste à temps pour voir Léo réussir un arrêt acrobatique. Le gardien plaça le ballon avec soin sur ses six mètres. Il prit de l'élan, laissa passer un moment en faisant signe à ses coéquipiers de monter, puis il tira en touche au-delà de la ligne médiane.

La victoire n'était plus qu'une question de secondes. Cependant l'arbitre ne se décidait pas à siffler.

– Qu'est-ce qu'il attend ? grommela Kevin, qui se rongeait les doigts.

– Il décompte les arrêts de jeu, dit simplement Gio.

Nantes ne désarmait pas. La fatigue des deux matchs s'était envolée. Un demi récupéra le ballon et relança au centre. Dernière action du match. Le numéro dix partit comme un bolide à la limite extrême du hors-jeu. Léo sortit à sa rencontre. Le public retint son souffle. Gio crispa les poings sur son banc. Entre les deux joueurs, ce fut une course décisive, une course à la victoire. Puis, du bout du pied, comme Kevin en première mi-temps, l'attaquant dévia le ballon, il passa le goal, réalisant le grand pont, récupéra et tira. But !

Après cet exploit, l'avant-centre s'écroula à genoux, leva les bras vers le ciel. Son bonheur fut de courte durée : l'arbitre de touche avait signalé le hors-jeu au départ. L'arbitre avait sifflé faute, mais, dans le feu de l'action, les joueurs des deux camps n'avaient rien entendu.

Le capitaine nantais alla parlementer avec l'arbitre. Il le fit avec une correction exemplaire. Cette équipe était vraiment fair-play. Le public, qui l'était beaucoup moins, hua l'homme en noir. Dark shoota le coup franc jusque dans les seize mètres nantais. Le temps réglementaire était dépassé de plusieurs minutes. L'arbitre regarda sa montre, mais laissa le match se poursuivre.

– C'est pas vrai ! grogna Kevin.

Une nouvelle descente des Nantais fit frémir les supporters de Miraval. L'ailier gauche se débarrassa de Kamel et shoota, légèrement au-dessus des buts. Léo dégagea. Nantes reprit et relança. Le numéro dix passa entre trois défenseurs. Il filait de nouveau vers les buts lorsque Pierre le contra sèchement. Le joueur s'écroula et resta au sol, pris de crampes.
Quatre minutes au-delà du temps réglementaire. L'arbitre consulta sa montre et siffla enfin. Iroquois se précipita sur le terrain.
– Des dieux, voilà ce que vous êtes ! beugla-t-il.
– Et toi, l'Indien, qu'est-ce que tu es ?
– Un champion, tout simplement, dit Iroquois d'un air modeste.

Après la victoire sur Nantes et l'ascension de son équipe en finale du championnat de France, Gio fut assailli de messages de félicitations. Ceux-ci émanaient de gens très divers : le maire de Miraval et ses adjoints, les parents des joueurs, les journalistes, les amis, ainsi que d'illustres inconnus. Dans la maison du vieux village, le téléphone n'arrêtait pas de sonner, au point que Caroline finit par filtrer les appels pour protéger l'intimité de Gio.

L'entraîneur avait autre chose à faire que répondre à ses admirateurs. Il s'imposait toujours un entraînement intensif, et il s'occupait chaque

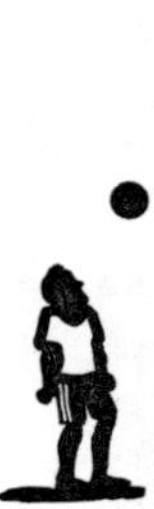

jour de ses joueurs. Dès le lendemain de son retour, il alla rendre visite à Loïc Demangeon, hospitalisé à la clinique Saint-Joseph.

L'adolescent, victime d'une fracture de la cheville, avait été opéré. Sa jambe plâtrée était suspendue à une potence. À en juger par le nombre de signatures décorant son plâtre, tous les joueurs de l'équipe lui avaient déjà rendu visite.

Lorsque Gio arriva, Sylvain et Manu étaient encore auprès de Loïc. On percevait leurs rires à travers la porte vitrée de la chambre.

– Gaffe, le boss ! chuchota Iroquois.

– Pas trop douloureux ? demanda Gio en s'asseyant sur le lit du blessé.

Loïc secoua la tête :

– Non, mais rester immobile, par cette chaleur…

– J'ai connu ça, dit Gio : des mois et des mois d'immobilité, et puis les cannes, la rééducation… Toi, ta fracture est nette. « Superbe fracture », comme disent les chirurgiens. Dans un mois, tu seras sur pattes, et tu pourras recommencer à jouer en cours de saison.

– Mais… adieu, la finale ! soupira Loïc avec nostalgie.

Gio haussa les épaules :

– L'année prochaine ! Avec cette équipe, on ira loin, tu peux me croire.

Iroquois se pencha au-dessus du lit.

– Tu vois, je te le disais bien : il n'y a que les

éclopés qui deviennent entraîneurs. Toi, mec, tu seras joueur. Autrement dit, tu te taperas tout le boulot, pendant que l'entraîneur, peinard, te houspillera avant de jouer les vedettes à la télé. Dur !
– J'en connais un qui va rester à Miraval le jour de la finale ! gronda Gio.
– Boss, vous n'allez pas faire ça ? sanglota Iroquois en se tordant les mains.
– Je vais me gêner !
– Alors, à demain, au stade, pour l'entraînement, lança l'insolent en poussant Manu hors de la chambre.
Il reparut presque aussitôt :
– L'entraînement… Je veux parler du vôtre. Il y a un sacré boulot qui vous attend !
Et comme Loïc hoquetait de rire sur son lit, Iroquois ajouta :
– Je me demande si le boss ne regrette pas son intervention auprès du comité ! Tu te rends compte ? Trois matchs de suspension. Plus d'Iroquois. Le rêve !
– Tu lis dans mes pensées, dit Gio en riant malgré lui.
– Trop mortel, ce mec ! s'écria Loïc quand Sylvain eut disparu.
– S'il n'était plus là, il me manquerait, avoua Gio. D'autant plus qu'il est aussi sérieux sur le terrain que farfelu au-dehors. Toi aussi, Loïc, tu es rigoureux. Tu m'as étonné. Je savais que tu

avais des qualités, mais je ne te connaissais pas cette rage de vaincre.
Loïc sourit :
– Entre Steph et Vincent, difficile de ne pas forcer le rythme.
– Non, Stéphane et Vincent n'y sont pour rien. Tu as des qualités bien à toi. En quelques mois, c'est fou, les progrès que tu as accomplis. Je peux t'assurer que dès que tu seras rétabli, tu deviendras titulaire à part entière.
Le visage de Loïc, radieux, se figea soudain : quelqu'un venait d'entrer dans la chambre. Comme Gio tournait le dos à la porte, il n'aperçut pas immédiatement le nouvel arrivé. Lorsqu'il se retourna, il se trouva face au père de Loïc, Arnold Demangeon.
Adjoint au maire et président du club de football, Demangeon était un homme autoritaire. Durant la saison écoulée, Gio s'était trouvé en conflit avec lui. Bien qu'il fût sorti victorieux de cette épreuve de force, l'entraîneur se méfiait toujours du personnage, qu'on prétendait retors et rancunier.
Cependant, l'homme qui se tenait devant lui souriait d'un air amical, et Gio serra sans hésitation sa main tendue.
– Titulaire ! apprécia l'adjoint en se penchant pour embrasser le front de son fils.
– Exactement, confirma Gio. Sans ce regrettable accident, Loïc l'aurait été dès la finale.

Demangeon hocha la tête.
– Oui, pas de chance ! Mais je viens de voir le chirurgien. Dans deux jours, tu rentreras à la maison et dans trois semaines on t'enlèvera ce plâtre. Ensuite, un petit mois de rééducation, et en piste !
– Dommage que vous n'ayez pas pu venir à Nantes, dit Gio. Il a fait un match exemplaire. Si l'équipe est en finale, c'est en partie grâce à lui.
Demangeon se racla la gorge :
– Grâce à vous aussi.
Cette reconnaissance subite était surprenante, car l'adjoint avait toujours prétendu le contraire. Mais Gio évita de le faire remarquer. Il se contenta de sourire à Loïc, qui rougissait de plaisir. Arnold Demangeon n'était pas du genre à reconnaître facilement ses torts.
– Vous m'avez dit un jour que le président du club et l'entraîneur avaient intérêt à s'entendre, murmura Gio en se levant et en tendant la main à l'adjoint. Eh bien, c'est chose faite.
Demangeon lui serra de nouveau la main en souriant, lui aussi. Puis il fit une chose étonnante : alors que Gio allait quitter la chambre après avoir tapoté la tête de Loïc en guise d'adieu, il le retint par le bras.
– À propos, j'ai un grand service à vous demander…
Comme l'homme avait l'air embarrassé, Gio

sentit renaître sa méfiance. La dernière fois que l'adjoint lui avait demandé une faveur, il s'agissait de modifier entièrement son équipe pour placer ses protégés : ses fils et le neveu du maire.

– Vous avez, dans votre formation, un joueur du nom de Sylvain Liota.

En disant cela, Demangeon regarda Loïc, dont le visage s'épanouit.

– En effet, dit Gio qui se demandait où il voulait en venir.

– J'apprécie d'ailleurs la manière dont vous êtes intervenu auprès de la commission en revendiquant la responsabilité de l'incident.

Gio hocha la tête :

– Cette responsabilité n'était pas usurpée.

– Je ne sais pas si vous êtes au courant, poursuivit Demangeon, que le père de Sylvain est chômeur de longue durée. Son cas est connu de la municipalité. Raymond Liota était un bon technicien, mais le secteur dans lequel il travaillait a pratiquement disparu en Europe, à cause de la concurrence japonaise. Or, il se trouve que je crée actuellement une filiale qui touche au même domaine : les matériaux de synthèse, obtenus avec un procédé révolutionnaire. Raymond Liota peut avoir sa place au sein de cette nouvelle société.

– J'en suis heureux pour lui. Mais qu'attendez-vous de moi, au juste ? demanda Gio.

– Il faudrait conseiller à Raymond Liota de téléphoner à Mlle Lambert, Élisa Lambert, la responsable de la filiale. Elle est informée et attend son appel.

– Pourquoi moi ? s'étonna Gio. Pourquoi ne pas le faire vous-même ?

Arnold Demangeon eut un sourire contraint :

– C'est là où le bât blesse ! M. Liota est un adversaire politique acharné de l'actuelle municipalité, le mien en particulier. De plus, c'est un homme fier. Si l'information émanait de moi, il refuserait, croyant que je cherche à le manipuler. Tandis que, venant de vous…

– Qu'est-ce qui vous fait croire que j'aurais plus de succès ? Je ne l'ai rencontré qu'une fois.

– Tous les joueurs de votre équipe ne jurent que par vous, dit Demangeon en prenant son fils à témoin. Sylvain n'échappe pas à la règle. Je suis sûr que son père vous apprécie. D'autre part, il ne pourra pas vous soupçonner d'être de connivence avec moi, connaissant nos rapports mutuels !

– Nos anciens rapports, rectifia Gio.

– Nos anciens rapports, approuva l'adjoint en riant. C'est mon fils qui m'a demandé d'aider le père de son ami. Vous voyez, l'équipe a du bon !

– Je n'en ai jamais douté, répondit Gio.

Demangeon lui tendit une carte portant les coordonnées d'Élisa Lambert et de la nouvelle société. Gio la prit et la fourra dans sa poche.

– Bien… J'espère vous voir à la finale.

– Et comment ! dit l'adjoint. Je serai là avec ce pauvre infirme… dans les tribunes, hélas pour lui !

En ce dimanche 30 août, Paris était si embouteillé que le car des joueurs de Miraval arriva au stade de Vincennes, où devait avoir lieu la finale, avec plus d'une heure de retard. C'était la fin des vacances et les gens avaient tous regagné la capitale.

– Ça ne nous laisse guère de temps pour nous familiariser avec le terrain, dit Gio avec contrariété.

En finale, Miraval était tombé contre Lille. C'était inattendu, car cette équipe n'avait pas fait parler d'elle au cours de l'année. Pourtant, elle avait écrasé tous ses adversaires depuis le début du championnat national.

Les Lillois regardèrent débarquer leurs adversaires sans leur adresser le moindre salut.
– Plutôt constipés, les finalistes ! plaisanta Iroquois.
– Concentrés, rectifia Gio.
À part Loïc, qui avait déjà pris place dans les tribunes en compagnie de son père et de plusieurs personnalités de Miraval, l'équipe était au grand complet. Les onze joueurs et les trois remplaçants échangèrent quelques balles.
Kevin se sentait en pleine forme. La maladie qui l'avait handicapé, lors de la demi-finale, n'était plus qu'un mauvais souvenir. Il décocha plusieurs tirs, applaudis par les supporters de Kamel, qui remplissaient le premier rang de la tribune sud.
Dix minutes plus tard, l'arbitre appela les deux capitaines au centre du terrain.
« Dans une heure et demie, je serai peut-être champion de France », songea Kevin. Il comprenait le geste de certains joueurs sud-américains qui s'agenouillaient et faisaient le signe de la croix avant de commencer un match.
Après le coup d'envoi, Lille se replia instantanément en défense. Cette tactique ne ressemblait guère à celle de tous les adversaires que Miraval avait rencontrés depuis le début du tournoi. L'attaque de Miraval en profita pour s'installer dans le camp adverse, mais ils se heurtèrent à un véritable mur. En face étaient regroupés sept

défenseurs déterminés, prudents et costauds.
Vincent et Iroquois avaient beau renverser le jeu et multiplier les combinaisons, la défense lilloise brisait les attaques et se contentait de dégager loin devant, sans souci apparent de construire. Le même scénario se répétait inlassablement : Miraval récupérait, montait, tentait de percer et échouait à une vingtaine de mètres des buts adverses.
Excepté une échappée solitaire d'Alain et un tir lointain de Kevin, durant la première demi-heure, Miraval n'eut pas l'occasion de marquer. Quant aux Lillois, ils ne lancèrent qu'une contre-attaque, bien organisée, quoiqu'un peu lente. C'était une partie déroutante, où les joueurs des deux équipes semblaient s'enliser.
À ce jeu, imposé par Lille, Miraval perdait ses moyens. Son attaque, brillante, avait besoin d'espace, pour donner sa mesure. Or, d'espace, Lille ne lui en laissait aucun. Vincent et ses compagnons en étaient réduits à des actions étriquées et décousues, terminées invariablement par des combats individuels, qui les épuisaient.
Le jeu restait correct, toutefois. Les Lillois, toujours en surnombre, bloquaient les attaquants. Sur son banc, Gio hurlait des consignes, que ses joueurs n'entendaient pas.
– Ça, des footballeurs ? grognait Iroquois. Des casseurs, oui !

Son tempérament de battant le poussait à se révolter contre une tactique qui se résumait à détruire le jeu de l'adversaire. En possession du ballon, il résista avec vigueur à l'obstruction de deux Lillois et parvint à portée de tir. Hélas, oubliant la règle de l'avantage, l'arbitre siffla une pénalité, au grand dépit d'Iroquois. Il faillit protester, mais il se maîtrisa. Il sortait tout juste d'un match de suspension ; ce n'était pas le moment de s'en prendre aux arbitres.

« Il est pour moi ! » décida Kevin.

Le coup franc n'était pas mal placé : à une quinzaine de mètres, presque au centre. Mais le mur lillois était beaucoup trop près. Manu le signala à l'arbitre, qui fit signe de jouer. Kevin remarqua un espace entre deux joueurs, un « trou de souris », selon l'expression des commentateurs sportifs. Il tira. Le ballon heurta une jambe et trompa le gardien lillois. Celui-ci, battu, para du pied. Un réflexe chanceux. Kevin se prit la tête à deux mains.

– Repliez-vous ! cria Manu.

Conseil inutile : les Lillois n'avaient aucune intention de profiter de l'occasion pour se ruer dans le camp adverse. Pendant trois minutes, la balle circula paisiblement d'un défenseur à l'autre.

« Ils font exprès de tuer le match », songea Kevin. Plus le temps passait, plus il devenait nerveux et agressif. Il récolta plusieurs avertissements. Kowalsky, de son côté, bousculait les Lillois sans merci. C'était le seul moyen. Avec de tels adversaires, il fallait forcer le passage ou se résigner à faire de la figuration.

À quelques minutes de la mi-temps, le champ s'ouvrit enfin devant Kevin. Il s'y engouffra furieusement. L'arrière gauche et le libéro convergeaient vers lui. Il passa entre les deux, évita un tacle. Devant, le gardien était à la réception. Kevin chercha un partenaire démarqué, mais il était seul. Il se résigna à shooter. Une balle à ras de terre, qui eut un faux rebond et trompa le goal. Un à zéro. Brusquement, Kevin se sentit mieux, délivré. Les copains devaient l'être aussi. Tout allait changer.

– Encore un, et on est bons ! dit Iroquois en frappant dans ses mains.

Au coup d'envoi, ils récupèrent le ballon et attaquèrent en force. Le jeu était plus vif. De leur côté, du moins, car les Lillois ne modifièrent pas leur tactique. Ils laissèrent venir leurs adversaires, bloquant les offensives, conservant la balle en défense, cassant le rythme, comme ils l'avaient fait depuis le début de la partie.

Mi-temps. Mission accomplie. Ils menaient à la marque. C'est ce que voulait Gio. Pourtant l'entraîneur ne semblait pas particulièrement satisfait.

– Ils ont remarquablement joué le coup, dit-il.
Iroquois haussa les épaules :
– Ce n'est pas du foot !
– Si, justement, c'est du foot, et de l'excellent. Le *catenaccio*. Ils ont joué à la milanaise. Cette stratégie vous a muselés durant trente-cinq minutes. En deuxième mi-temps, méfiez-vous : ils vont attaquer. Leurs forces sont intactes.
Effectivement, groupés autour de leur entraîneur, les Lillois ne semblaient pas affectés par les efforts qu'ils venaient de fournir.
Les joueurs de Miraval, vautrés sur la pelouse, récupéraient avec plus de difficulté.
– Surtout, ne vous découvrez pas, recommanda Gio. Sylvain, tu vas descendre d'un cran. N'oubliez pas que vos adversaires ont marqué dix buts en trois matchs. Pour le moment, ils n'ont montré qu'une facette de leur talent.
– On va leur montrer la nôtre ! frima Iroquois.
Gio hocha la tête :
– Allez-y, mais prudemment. Seuls Stéphane et Kevin en pointe. Ça va, petit ?
Ces derniers mots s'adressaient à Léo.
– Je n'ai pas encore touché le ballon, dit le gardien en riant.
– Ça ne durera pas, murmura Gio.

La deuxième mi-temps débuta de la même façon : lentement, comme si les Lillois s'étaient contentés du score et avaient cherché à gagner du temps. Après plusieurs contre-attaques, dont deux dangereuses, Miraval s'appliqua à conserver la balle pour obliger ses adversaires à attaquer et à réduire leur mur défensif.
C'était l'erreur à ne pas commettre. Peu à peu, les Lillois montèrent, sans modifier leur système de jeu. Ils occupèrent le centre et commencèrent à devenir plus agressifs. Leurs offensives mobilisèrent l'ensemble de l'attaque et installèrent une pression permanente dans le camp de Miraval.

Un tir bien cadré obligea Léo à se détendre. Il détourna la balle en corner. C'était sa première intervention, au bout de près d'une heure de jeu ! Il relança, mais Lille reprit le contrôle du ballon. Subitement, la partie était inversée : toutes les offensives étaient lilloises, et c'est la défense de Miraval qui supportait le poids du match.

Kevin et Kowalsky avaient beau appeler le ballon, celui-ci leur parvenait rarement et trop tard, car la défense adverse, montée très haut, jouait la ligne. Les avants de Miraval étaient souvent hors-jeu, surtout Phil, dont l'impulsivité avait toujours été un handicap. Seul Vincent évoluait sans commettre de fautes dans ce réseau aux mailles serrées.

Plusieurs fois, il s'échappa et, parvenu devant le but lillois, il laissa Kevin ou Kowa conclure. Les deux attaquants manquèrent de réussite. Puis leurs actions s'éteignirent, tandis que Lille montait en puissance.

Dans le camp de Miraval, les défenseurs s'affolaient. Florent, si sûr d'ordinaire, hésitait face à trois adversaires. Dark n'arrivait pas à maîtriser le numéro dix, qui ne jouait pas en dribbles mais tout en déviations. Léo, sentant flotter sa défense, ne cessait pas de hurler :

– Charge-le !

– À toi, Kamel !

– Frank, reviens !

Il repoussa aux poings un tir puissant. Dans la mêlée qui suivit, un pied poussa le ballon dans les buts. Un but stupide, mais inévitable : cela faisait maintenant un quart d'heure que l'équipe jouait acculée à ses seize mètres. Léo renvoya le ballon au centre d'un coup de pied rageur. Il détestait ces cafouillages ; la balle pouvait en sortir n'importe où, n'importe quand. C'est ce qui se reproduisit ensuite. Léo, pilonné sans répit, préserva le match nul au prix d'arrêts superbes.

– Doucement, mec, prends ton temps, il n'y a pas le feu, répétait Florent à chaque engagement.

Si, justement, il y avait le feu dans la défense, et personne n'arrivait à l'éteindre ! Les Lillois étaient partout, et leur domination ne faiblissait pas.

À dix minutes de la fin, Kevin démarra à la limite du hors-jeu. Il avait la victoire au bout du pied. Devant lui : vingt-cinq mètres de bonheur. Tout l'espace qu'il aimait. Et, en face, le gardien. Ce but, Kevin le sentait. Il le savourait d'avance. Il avait semé tous les défenseurs. Le goal s'avança pour intercepter. Juste ce que voulait Kevin. En pleine course, il souleva le ballon. Le lobe parfait. Non, à peine trop enlevé. Le ballon percuta la transversale. Quelques centimètres ! L'écart entre la victoire et la défaite. L'avant-centre enfouit son visage dans ses mains. Un but immanquable !

Le goal relança à la main en direction du libéro.

Celui-ci ouvrit sur l'aile gauche. Centre-shoot. Dark manqua l'interception. Un Lillois la reprit d'une drôle de talonnade. But. Deux à un !

– On y croit ! Allez ! gronda Kowalsky en engageant.

La balle parvint à Vincent, qui lança pour Phil. Le petit ailier dribbla son vis-à-vis et réussit un beau centre, hors de portée du goal. Alain reprit de la tête. Pour la deuxième fois, le ballon heurta la transversale. Vincent récupéra, servit Kowalsky, qui passa à Kevin. L'avant-centre adressa un tir croisé, détourné en corner par le gardien.

Sur le corner, les Lillois renvoyèrent de la tête. L'arrière droit, plus rapide que Manu, réceptionna le ballon et opéra une montée solitaire le long de la touche. Personne ne l'inquiétait. Il passa tranquillement le ballon au numéro dix, qui échappa à Kamel, mais se fit tacler par Florent. Faute ! signala l'arbitre.

Cinq minutes de jeu. Les Lillois gagnaient du temps. L'ailier, chargé du coup franc, n'arrêtait pas de placer et de déplacer son ballon. L'arbitre dut le menacer d'un carton pour qu'il consente enfin à tirer la pénalité. Le ballon atterrit dans un groupe confus de huit joueurs. Florent le sortit en force de la mêlée et passa à Kamel, qui relança loin devant. Le ballon atterrit dans les pieds d'un Lillois. Celui-ci servit son avant-centre, qui tira au but. Léo cueillit le ballon, mais, gêné par l'ailier droit, il le relâcha. Un attaquant reprit au milieu d'une forêt de jambes. Léo, à terre, ne put empêcher la balle d'entrer dans les buts. L'arbitre indiqua le centre du terrain. Trois à un !

Frank et Manu protestèrent en vain, estimant que la charge sur Léo était irrégulière. L'arbitre, inflexible, valida le but.

Le coup de grâce !

À l'instant où le coup de sifflet final retentit, Kevin et ses compagnons eurent un goût amer dans la bouche. Passer si près de la victoire et se retrouver vaincus ! Ils regardèrent avec tristesse leurs adversaires recevoir le trophée d'argent du championnat de France et effectuer un tour d'honneur. Pour eux, une simple médaille et quelques félicitations adressées par d'illustres inconnus.

Gio s'approcha de ses joueurs, le sourire aux lèvres.

– Je suis fier de vous, dit-il. C'était votre plus beau match !

Kevin le dévisagea d'un air furax, pensant qu'il se moquait d'eux. Pas du tout : l'entraîneur était sérieux.

– Vos adversaires ont très bien joué, ajouta-t-il. Individuellement, ils sont moins brillants que vous, mais leur formation est solide et ils ont su vous prendre à votre propre jeu. Dompter une attaque comme la vôtre, ce n'est pas à la portée de n'importe qui. Ils y sont arrivés.

– Dompter ? ricana Iroquois. Les fauves n'ont plus de dents !

Gio secoua la tête :

– Si, ils ont toujours des dents, mais ils ont seulement moins d'appétit.

Cette année-là, la rentrée scolaire avait été fixée au neuf septembre. À leur retour de Paris, les joueurs avaient donc encore une semaine entière de vacances. Ce n'était pas trop pour récupérer ; leurs derniers matchs avaient été très éprouvants. Toutefois, la plupart d'entre eux ne songeaient pas à se reposer. Ils ne pensaient maintenant qu'au match Nord-Sud qui devait avoir lieu le six.

Le lendemain de son arrivée, Léo rencontra Caroline.

– Pas trop déçu ? demanda-t-elle.

– Terriblement : tu n'étais pas là !

La jeune fille fit une petite moue contrite :

– Ce voyage à Madrid, il était prévu depuis longtemps. Et puis, ce n'était pas pour mon plaisir…

– Pour perfectionner ton espagnol, je sais. Mais, sans notre mascotte, on n'avait aucune chance.

– Qu'est-ce que c'est, une mascotte ? demanda Caroline.

– Un porte-bonheur.

Elle sourit :

– C'est gentil, ça !

À cet instant, Kevin et Iroquois arrivèrent à vélo, tout excités :

– On va voir Gio et ses copains. Ils sont au stade. Vous venez ?

Caroline fronça les sourcils :

– Gio ne veut pas de spectateurs. S'il vous voit, il sera furieux.

– Il ne nous verra pas, lui assura Iroquois.

– Ses copains ? Quels copains, d'abord ? s'étonna Léo.

– Wilson, Cardinet, Lamberti…, énuméra Iroquois.

– Genovese, Müller, ajouta Kevin.

Léo siffla entre ses dents :

– Ils sont déjà là ? Pourquoi Gio ne nous a pas avertis ?

– Ils veulent rester entre eux, dit Caroline. Cardinet et Genovese sont arrivés hier soir en voiture. Ils logent chez nous. Les autres sont à

l'hôtel, au bord de la mer, près de Carry-le-Rouet. Ils ne tiennent pas à être reconnus.
– Petite cachottière ! murmura Léo.
– Allez, venez, s'impatienta Kevin.
– On se fera tout petits, promit Iroquois.
Caroline haussa les épaules :
– Surtout toi !
Léo regarda la jeune fille, les yeux brillants :
– Dix minutes, pas plus.
Caroline se mordit les lèvres :
– S'il nous surprend, il ne sera pas content, je vous préviens. Il croira que c'est ma faute.
– Je me demande pourquoi on s'est donné tant de mal pour inviter les journalistes, s'ils veulent passer inaperçus ! bougonna Léo.
– Les journalistes, c'est pour remplir le stade dimanche, expliqua Caroline. Aujourd'hui, ce n'est pas pareil. C'est une bande de copains, comme vous.
– Comme nous, les champions ! rugit Iroquois.
– Les presque-champions, rectifia Kevin. Bon, alors, vous vous magnez ?
Sylvain et Kevin enfourchèrent leurs vélos, tandis que Caroline montait sur la moto de Léo. Arrivés au stade, ils trouvèrent la grille fermée à clé et le terrain désert.
– Ils sont partis ! s'exclama Iroquois, déçu.
– Pas sûr, dit Kevin.
Il se hissa sur la grille. Après l'avoir franchie, il

disparut le long de la tribune ; les autres attendirent de l'autre côté. Quelques instants plus tard, Kevin reparut, maîtrisant un fou rire.
– Qu'est-ce qui se passe ? demanda Iroquois.
Kevin mit le doigt sur ses lèvres :
– Venez, venez voir !
À leur tour, les trois autres escaladèrent la grille et suivirent Kevin. Celui-ci grimpa l'escalier de la tribune. À l'extrémité des gradins de bois, il fit signe à ses copains de ne pas faire de bruit et passa la tête au-dessus du garde-corps. En se penchant comme lui, les autres découvrirent ce qui provoquait l'hilarité de Kevin : devant les vestiaires, cinq hommes, assis dans l'herbe, pique-niquaient paisiblement. Ils reconnurent Cardinet, Wilson, Genovese, Müller et Gio. Lamberti devait être reparti. Les cinq célébrités, dont certaines avaient disputé la Coupe du monde, mangeaient du saucisson à l'ail en dégustant un petit rosé du pays.
Le rire d'Iroquois alerta Gio.
– Encore vous, petits morveux ! Pas moyen d'être tranquilles !
– On voulait admirer l'entraînement des champions, cria Iroquois. C'est comme ça qu'on apprend à jouer, en observant les meilleurs. Maintenant, j'ai tout compris !
– Compris quoi ? grommela Gio.
Iroquois fit semblant de boire au goulot :
– La méthode Obélix : la potion magique !

Les anciens champions éclatèrent de rire.
– Descends ! ordonna Gio.
Iroquois ne se fit pas prier pour dégringoler l'escalier de bois, suivi de Léo et de Kevin. Caroline resta en arrière.
– Ces trois voyous, ce sont mes joueurs, les présenta Gio.
– Les finalistes, dit Genovese avec l'accent chantant de Rome.
– On se connaît, sourit Cardinet en serrant la main de Kevin.
Cardinet était le seul à avoir perdu la ligne. Il devait peser dans les quatre-vingt-dix kilos. Les quatre autres stars étaient bronzés et musclés, et on avait du mal à croire qu'ils avaient dépassé la quarantaine.
– Tu les as fait venir pour quoi, au juste ? demanda Gio à Caroline.
– C'est nous qui l'avons amenée, intervint Léo. On se disait… qu'on pourrait peut-être s'entraîner avec vous.
– Rien que ça ! gronda Gio.
– On vous dérange ?
– À ton avis ?
– Comment on aurait deviné que c'était l'heure de la sieste ? soupira Iroquois d'un air faussement désolé.
– Petit frimeur ! ricana Gio. Tu vas nous montrer ce que tu sais faire. Qu'est-ce que vous en dites ?

– J'en suis, dit Müller.

Genovese se leva d'un air nonchalant :

– Moi aussi.

Gio forma aussitôt les équipes :

– Jean, Mumu et toi, Léo, avec moi.

Cardinet, Müller et Léo accompagnèrent Gio sur la partie droite du terrain. Les autres – Wilson, Genovese, Kevin et Iroquois – se placèrent à gauche. Genovese, qui avait été goal à l'A.S. Roma, rejoignit ses buts.

– Et moi ? demanda Caroline.

– Tu arbitres, dit Gio en lui lançant un sifflet.

La partie commença aussitôt. Au bout de quelques minutes, on s'aperçut que Wilson et Gio n'avaient rien perdu de leurs qualités de dribbleur. Müller était toujours intraitable en défense. Cardinet souffrait davantage, mais ses tirs étaient toujours redoutables. Quant à Genovese, il effectua quelques plongeons, applaudis par les jeunes joueurs.

L'équipe de Gio menait par un à zéro. Cardinet dit à Kevin :

– À toi, petit.

Le jeune avant-centre, complètement démarqué, filait vers les buts de Léo lorsque Müller le faucha en douceur. Caroline siffla un penalty.

– Non ! protesta Gio.

– Attention au carton rouge ! le menaça Caroline.

– Traîtresse ! grommela l'entraîneur.
Kevin plaça son ballon et trompa Léo grâce à un contre-pied impeccable.
– Fin du match ! annonça Gio. Je vous attends tous chez moi, ce soir.
– Nous aussi ? demanda Iroquois.
– Bien sûr. Au fait, comment va ton père ? Son nouveau job ?
– Génial ! dit l'adolescent, rayonnant.

Le match Nord-Sud avait attiré beaucoup plus de spectateurs que prévu, malgré le prix des places qu'on avait augmenté au dernier moment pour limiter le public à la capacité du stade. Les talus herbeux entourant le terrain étaient noirs de monde, tandis que les privilégiés de la tribune débordaient jusque sur les escaliers.
De toute la France, les journalistes étaient venus pour rencontrer les gloires du football, dont certaines vivaient à l'étranger. Parmi elles, d'anciennes stars de Saint-Étienne, de Bordeaux, de Marseille et de Nantes.
Arnold Demangeon, le président du club, s'était

démené pour accueillir les visiteurs, malgré les faibles ressources hôtelières de la ville. Il avait logé les plus célèbres d'entre eux au château de Fontanges, qui avait jadis hébergé la famille royale d'Espagne en exil. Au stade, il avait réservé seize sièges d'honneur aux jeunes finalistes du championnat de France.

Avant le coup d'envoi du match vedette, les jeunes joueurs en tenue bleue exécutèrent un tour d'honneur sous les acclamations de la foule.

– C'est la gloire ! dit Caroline, qui était restée dans la tribune en compagnie de Loïc, cloué à sa place par son plâtre.

Elle avait pris un ton moqueur, mais, au fond d'elle-même, elle était fière de l'équipe, particulièrement de Léo. Un élan de tendresse la poussa vers son ami :

– Cette année, on se verra tous les jours au lycée.

Léo répondit distraitement, les yeux rivés sur la porte des vestiaires, d'où sortiraient les deux équipes dans quelques instants.

– Maudit football ! ronchonna Caroline. Pas de place pour le romantisme, hein ?

Elle disait cela pour le taquiner. La passion du sport n'avait jamais empêché Gio d'aimer Louise à la folie.

– Qu'est-ce que tu disais ? demanda Léo.

L'éclat de rire de Caroline se noya dans les applaudissements du public. Les champions faisaient leur entrée sur la pelouse, la France Sud en vert et blanc, la France Nord en jaune et noir.

– Voilà Gio ! s'écria Kevin.

Ils se mirent à acclamer frénétiquement leur entraîneur, car, si la présence des stars les fascinait, ils voulaient surtout assister au triomphe de Gio.

– C'est parti ! constata Iroquois.

Une belle offensive des verts amena le danger dans le camp des Nordistes. Gio avait la balle au pied.

– Shoote ! hurla Kevin.

Le tir de l'avant-centre fut contré par Béranger, l'ancien arrière de Nantes. À présent, c'étaient les jaunes qui passaient à l'attaque. Le jeu était plaisant à regarder, très ouvert, ponctué de beaux dribbles et de prouesses techniques.

– Ils n'ont pas perdu la main ! constata Manu.

– Le pied, tu veux dire, gloussa Iroquois.

Genovese s'envola et bloqua le ballon à un mètre cinquante du sol. Il avait toujours la souplesse féline qui faisait autrefois l'admiration de ses supporters. Le public de Miraval l'applaudit chaleureusement.

– On dirait Léo, dit Kamel.

Léo fit la grimace :

– Je voudrais bien !

– Ouais ! hurla Iroquois.

Gio avait échappé à deux défenseurs et fonçait

tout seul vers la cage des nordistes. En pleine foulée, il effectua un tir terrible, que John Meritt, l'ancien goal de Leeds, ne put bloquer. Un à zéro pour le Sud. Le public, déchaîné, réserva une longue ovation à l'entraîneur. Les plus enthousiastes étaient les quinze poulains de Gio. Sortis de leur tribune, ils se mirent à danser de joie le long de la touche.

– On se croirait à Botafogo ! souffla Iroquois en regagnant sa place, hors d'haleine.

Le jeu reprit. Tous les quarts d'heure environ, de nouveaux joueurs entraient pour remplacer les stars, incapables de tenir le rythme. Seul, Gio restait sur le terrain. Contrairement à certains de ses coéquipiers, il ne semblait pas éprouvé par le match.

– Il tient le coup, le boss ! constata Manu, admiratif.

– Pas étonnant, avec l'entraînement qu'on lui a infligé ! plaisanta Frank.

Ils cessèrent de rire : les nordistes venaient d'égaliser. L'arbitre siffla presque aussitôt la mi-temps. Les joueurs se dépêchèrent de gagner les vestiaires pour échapper à leurs admirateurs.

– Il me semble qu'il boite, murmura Caroline.

Léo se pencha pour regarder la file des joueurs.

– Qui ça ? Ton père ? Attends, je vais voir, dit-il en constatant l'inquiétude de la jeune fille.

À son retour, il arborait un sourire rassurant.

– Il est en pleine forme, annonça-t-il. Il continuera à jouer en deuxième période. Il y a un de ces boxons, là-dedans !
– Il risque de se blesser, soupira Caroline.
Léo prit la main de la jeune fille entre les siennes :
– Il est heureux, si tu voyais ! Il chahute. Un vrai ado !
Dix minutes plus tard, la partie recommença. L'entrée de nouveaux ailiers, plus jeunes, ranima les attaques. Genovese fit deux arrêts spectaculaires. Puis Gio reprit un centre de la tête. Meritt détourna en corner. Sur la remise en jeu, Gio, toujours lui, exécuta un ciseau retourné à un mètre cinquante du sol, qui pétrifia l'ancien goal de Leeds.
La foule se mit à scander le nom de Gio. Sur le terrain, les joueurs des deux camps applaudirent l'exploit de leur ancien coéquipier. À l'instant du tir, les flashes des photographes avaient crépité.
– J'espère qu'ils l'ont eu ! s'écria Kevin. Une papinade !
Gio sortit peu après pour laisser sa place à Lamberti, l'ancien avant-centre de l'O.M. Les jeunes joueurs se ruèrent sur leur entraîneur.
– Champion, boss ! clama Iroquois. On voit bien que vous fréquentez des caïds depuis un an !
Les journalistes assiégeaient maintenant l'entraîneur de Miraval. La plupart d'entre eux ne

connaissaient Gio que de nom. Ils savaient que le jeune surdoué du ballon rond avait dû abandonner la compétition à la suite d'un grave accident. En le voyant jouer comme un professionnel, vingt ans après, ils étaient tous impressionnés. Comme les photographes le mitraillaient, il se mit à rire :
– Je n'avais pas autant de succès en mille neuf cent quatre-vingt !
– Quel sentiment éprouvez-vous en vous retrouvant aujourd'hui au milieu de tous ces champions ? le questionna le reporter de *L'Équipe*.
Gio regroupa ses jeunes joueurs :
– Vous parlez de ceux-là, sans doute ? C'est une merveilleuse expérience de voir naître et s'épanouir des talents. Ces garçons sont formidables. Ils m'ont aidé à surmonter mes épreuves. Sans eux, ma vie serait certainement plus sombre, et Miraval ne serait pas à l'honneur aujourd'hui.
– Iroquois, souvenez-vous de ce nom, ajouta Sylvain. Platini, Cantona, Zidane et Iroquois !

L'après-midi était doux, la pelouse vert tendre. Tout autour du terrain, les spectateurs formaient des taches multicolores, et ces couleurs vives rappelaient qu'on était encore en été. Kevin avait aperçu la robe bleue de sa copine, Magali, et la minijupe rouge de Caroline.
C'était avant le début du match, car maintenant le numéro dix était concentré sur l'action qui se développait autour de lui. Manu passa à Kowalsky, qui centra pour Vincent. Celui-ci voulut reprendre de volée, mais le pied du demi tourna, et le ballon passa à côté. L'attaque avait été limpide : un modèle du genre.

C'était le deuxième match de la saison. À Trets, le dimanche précédent, Miraval avait gagné trois à un. Contre Meilhan, ce jour-là, ils menaient déjà deux à zéro. Malgré leur défaite en finale contre Lille, ils avaient un moral d'acier. Après le départ de ses copains, Gio avait repris la formation en main. Les joueurs s'entraînaient dur deux fois par semaine, et ils étaient tous dans une forme éblouissante. Face à eux, les équipes semblaient intimidées, comme Miraval l'avait été contre Mornay. Le magnifique parcours de Miraval en championnat national, célébré par les journaux, lui avait forgé une image de quasi-invincibilité qui influençait l'attitude de ses adversaires, les rendant timorés.

Du coup, Kevin et ses coéquipiers évoluaient avec décontraction et amélioraient sans cesse leur jeu. Le plaisir de jouer l'emportait chez eux sur la volonté de gagner, ce qui était le plus sûr moyen de dominer les autres.

À la mi-temps, Éric vint rapporter les critiques et les conseils de Gio, car l'entraîneur, suspendu par la commission de discipline, n'avait pas le droit d'entrer sur le terrain durant les trois premiers matchs de la saison. Il était donc obligé de diriger son équipe depuis la tribune.

– Frank, dit Éric, tu fais bien de monter en attaque. Mais tu dois revenir aussitôt. Sans Florent, tu aurais mis Léo en difficulté à deux

reprises. Toi, Alain, tu jongles un peu trop : on n'est pas au cirque ! Kevin, rien à dire. Sur ta dernière action, tu aurais peut-être pu passer en retrait. Sylvain et Manu, vous sortez. C'est Phil et Pierre qui vous remplacent. Stéphane, tu joueras au centre ; Kevin et Vincent en soutien.
Les joueurs acceptèrent sans broncher les consignes d'Éric, car elles émanaient de Gio. Dans l'équipe, les rivalités avaient disparu. Deux recrues s'étaient jointes à l'effectif. Les autres avaient immédiatement accepté les nouveaux, qui n'étaient pas encore admis à participer aux matchs.
– Observez d'abord les champions ! hennissait Iroquois.
L'arbitre siffla. La deuxième mi-temps commençait. Kevin, qui n'avait pas encore marqué, se sentait vaguement frustré. Après une montée avortée de Meilhan, la balle lui parvint. Son slalom à travers l'équipe adverse affola la défense, mais son tir passa très largement au-dessus des buts.
Durant la phase suivante, le match se stabilisa au centre. Pierre, qui remplaçait Manu au poste de demi défensif, confirmait ses progrès étonnants. Il dribbla deux adversaires et adressa une longue balle à Ronaldo, loin devant. L'ailier crocheta son vis-à-vis et centra. C'était l'occasion que Kevin attendait. Il était dos aux buts. Le défenseur qui le

marquait se tenait à sa gauche, un peu décalé. Le ballon plongeait vers Kevin. Il se détendit en arrière, décolla du sol, le corps à l'horizontale. Dans cette position acrobatique, son pied droit cueillit le ballon en retourné. Il tomba sur les épaules, les bras amortissant sa chute.
En se redressant, il entendit les cris, puis il vit le gardien, stupéfait, et le ballon au fond des filets. Il venait de marquer un but de rêve ! Il avait souvent tenté ce geste, mais c'était la première fois qu'il le réussissait. Il leva le poing face à la foule qui l'acclamait. Ses équipiers accouraient vers lui : Alain, Kowalsky, Pierre, tous l'embrassaient. Puis les gamins de la ville envahirent le terrain. Ils l'entourèrent, le touchèrent. Il était devenu leur idole. L'arbitre eut toutes les peines du monde à faire évacuer le public et à rétablir l'ordre.
La partie reprit. À trois à zéro, Meilhan avait du mal à réagir. Ce n'était pas une bonne équipe, mais les saisons précédentes elle faisait presque jeu égal avec Miraval. Ses joueurs ne reconnaissaient pas leurs adversaires, qu'ils avaient pourtant affrontés à plusieurs reprises : ardents, adroits, inspirés, et chanceux, tout leur réussissait. Dans son euphorie, Kevin marqua un deuxième but. Une jolie reprise, bien cadrée. Puis un troisième, six minutes plus tard. Miraval menait cinq à zéro. Le match devint alors moins intense. Les

joueurs s'amusaient. Ronaldo faisait son numéro. Kowalsky balançait de très loin des balles puissantes, qui n'inquiétaient pas le gardien mais faisaient le spectacle.
À quelques minutes de la fin, Meilhan sauva l'honneur. Cinq à un, score final. Miraval occupait déjà la tête du championnat, devant Mornay, son rival direct, qui avait remporté ses deux premiers matchs, mais était distancé par Miraval au goal average.
Iroquois exécuta sa désormais traditionnelle danse du scalp.
Avant de regagner les vestiaires, Léo se dirigea vers la tribune, où l'attendait Caroline. Kevin, resté en arrière, signait des autographes pour ses petits supporters, quand soudain deux bras nus l'enlacèrent.
– Magali !
Ce n'était pas le genre de sa copine de se jeter à son cou, surtout lorsque son père était dans le public, comme c'était le cas ce jour-là.
– Tu as été formidable !
Ça aussi, c'était nouveau. D'habitude, elle le taquinait plutôt sur les buts qu'il avait manqués. Elle avait un caractère moqueur et il aimait ça. Elle relâcha son étreinte et murmura :
– À tout à l'heure, dans le parc.
Gio s'approchait, le sourire aux lèvres :
– Pas mal, ton retourné !

– Génial, oui ! s'exclama Iroquois.
Le sourire de l'entraîneur s'élargit :
– Facile ! Il suffisait de copier !
Kevin éclata de rire :
– Oui, mais moi, je n'ai pas attendu vingt ans pour le réussir !

FIN

EXTRAIT

Et voici une autre aventure
du Club de Miraval
dans

CHAMPIONS !

FOOOT!

EXTRAIT

En promenant son regard sur le stade, Alain Leroy s'étonna de voir si peu de monde. Il était arrivé d'Espagne la veille, avec sa famille, et avait écouté le message de Kevin sur le répondeur : « Salut, Ronaldo. Les affaires reprennent : entraînement mercredi, quatorze heures. Le coach n'a pas l'air de plaisanter. »
Le coach, c'était Giovanelli, Gio pour les intimes, le nouvel entraîneur. Tonin, à qui Alain avait téléphoné dans la foulée, l'avait averti : « Sacré joueur, Gio. Mais pas commode. Il a de grandes ambitions pour le club. Je ne sais pas ce que ça donnera, mais il y croit. En plus, il a ses protégés,

notamment un certain Vincent Ruel, une petite merveille venue de Martigues, et un Alsacien, Stéphane Kowalsky. Tu es prévenu : les places seront chères, cette année ! »
Alain s'était mis à rire. Sur le plan technique, il ne craignait personne. Ce n'était pas pour rien qu'on le surnommait Ronaldo. Et il avait hâte de montrer à la terreur ce qu'il savait faire. Au fait, où était-il, ce fameux crack ? Il était quatorze heures. On était bien mercredi ?
– Holà, Ronaldo ! cria Kamel.
En voilà au moins un ! Kamel Faroud. Affalé, torse nu, en plein soleil. Ce n'était pas le grand stress.
– Salut, mec. Tu es seul ?
Kamel pointa le doigt sur les vestiaires. Les autres en sortaient en file ordonnée.
– Bande de truffes ! cria Alain. Quatre à deux ! On voit que je n'étais pas là !
– Ta mère t'a laissé sortir ? répliqua Kevin en simulant la stupéfaction.
Ils savaient tous que Mme Leroy était très autoritaire. Alain, si insolent d'habitude, s'écrasait toujours en sa présence.
Ils se pressaient autour de lui, rigolards.
– Eh, mec, tu reviens d'Afrique, ma parole ! Tu es presque aussi bronzé que moi, dit Dark, alias

EXTRAIT

Charlie Darquier, jeune Noir originaire des Comores.

Alain allait répliquer sur le même ton lorsqu'il aperçut une fille en short et baskets au milieu de ses copains. Pas mal, blonde, jolies jambes.

– C'est vrai qu'il y a des renforts, cette année ! plaisanta-t-il.

Au lieu de rire, les autres se tournèrent vers le personnage qui s'avançait vers eux. Quarante ans, grand, maigre, musclé.

– La nana, c'est sa fille, Caroline, glissa Kevin.

– Qu'est-ce qu'elle fout ici ? grogna Alain à voix basse.

Kevin haussa les épaules :

– Elle est gentille.

Alain se présenta à l'entraîneur.

– Ça fait dix, dit celui-ci en lui broyant la main. On y va. Une mise en train pour commencer.

– Les autres, on ne les attend pas ? risqua Kamel.

– Non, répondit Gio.

Pendant quelques minutes, ils exécutèrent des exercices d'échauffement, puis ils se dirigèrent vers les hauteurs qui dominaient le stade. Gio menait la course, à côté de Caroline. Le soleil tapait dur, mais ils n'avaient pas l'air de s'en soucier. Au sommet de la colline, la commune avait aménagé un parc de loisirs dans une pinède. Au-

delà s'étendait une zone de garrigue, semée de rochers blancs et de buissons épineux. Comme les garçons y pénétraient, ils entendirent Phil et Frank, qui les poursuivaient, hors d'haleine.
– Eh ! Attendez-nous !
Gio se contenta de ralentir l'allure :
– J'avais dit : quatorze heures !
Phil et Frank se glissèrent dans les rangs.
– C'est quoi, ce cirque ? grogna Frank.
– Putain, c'est le foot, ma spécialité, pas le marathon, haleta Iroquois.
– Ce cirque, c'est l'entraînement, lança Gio, qui devait avoir l'ouïe fine. Ceux à qui ça ne plaît pas peuvent rentrer chez eux. Quant à toi, le râleur, on verra tout à l'heure si le foot est vraiment ta spécialité.
Ils coururent encore pendant trois quarts d'heure en plein soleil. Lorsqu'ils revinrent sur le stade, ils ruisselaient de sueur et la plupart étaient au bord de l'épuisement. Ils s'écroulèrent dans l'herbe, à l'ombre de la tribune. Seuls Léo, Dark et Kamel tenaient la forme. Et, bien sûr, Florent Nicolaï, le libéro, qui revenait de Saint-Jean-de-Luz.
Tandis qu'ils récupéraient, Gio et sa fille bavardaient tranquillement, comme s'ils n'avaient pas participé aux cinq mille mètres.

EXTRAIT

– Championne, la gazelle ! commenta Léo.
– Elle n'a pas fait un match dimanche, grogna Kevin, qui se massait les mollets.
– La gazelle a fait deux heures de tennis, précisa Caroline.
– C'est un sport, ça ? ricana Phil.
La fille sourit de toutes ses dents :
– Pas pour les minots.
– Joli revers ! dit Léo en riant.
– Pour qui elle se prend ? murmura Alain, furieux. Le boss a dû l'amener exprès, pour nous humilier !
Ils furent interrompus par Gio, qui donna le signal du rassemblement. Ils se levèrent de mauvaise grâce.

Écris-nous !

Si tu as envie
de nous parler de ta passion
pour le foot,
si tu veux
nous poser des questions,
n'hésite pas à nous écrire !

Bayard Éditions Jeunesse
Série “Fooot !”
3, rue Bayard
75008 Paris

Attention !

N'oublie pas d'écrire ton nom et
ton adresse si tu veux qu'on te réponde !

FOOOT!

1301. CHAMPIONS !
1302. CARTON ROUGE !
1303. HORS JEU
1304. FOOT SAMBA !
1305. CONTRE-ATTAQUE
1306. LES INDOMPTABLES
1307. REVANCHE
1308. FINALE D'ENFER !
1309. SOIF DE VICTOIRE

Impression réalisée sur CAMERON par

BRODARD & TAUPIN

GROUPE CPI

La Flèche
en juin 2004

Imprimé en France
N° d'impression : 24700